目次

冬《ふゆ》濤《なみ》

帳場に入って来た達吉《たつきち》に、番頭見習の潤三《じゅんぞう》が声をかける。

「大番頭さん、大福帳《だいふくちょう》を元に買帳《かいちょう》と売帳《うりちょう》への仕分けが終わりやしたが、あっしが思うに、収入と支出がひと目で判《わか》る出納帳《すいとうちょう》を作っておけば、実質の利益が判断しやすいのじゃねえかと思いやすが……」

「なんだって？　出納帳といっても……。そんなものはなくったって、買帳の額と売帳の額を照らし合わせりゃ、幾《いく》ら儲《もう》かったかが判るじゃねえか……」

達吉が訝《いぶか》しそうな顔をする。

「ええ、それはそうなんでやすが、帳面の左三分の一を売帳の額、真ん中を買帳の額、そして右三分の一に、売りと買いを差し引いた額を記《しる》しておけば、日々、利益がどのくれェ出たかが一目瞭然《いちもくりょうぜん》となるんじゃねえかと……」

達吉がとほんとする。

おきちに茶花《ちゃばな》の活《い》け方を指導していたおりきが、まあ、それは妙案《みょうあん》ですこと！　と目を輝かせる。

「大番頭さん、潤三の言うとおりですよ。毎日そんなふうに記載《きさい》しておけば、月末《つきずえ》になって慌てなくて済みますものね。潤三、試《ため》しにやってみるとよいでしょう……。ねっ、達吉、いいでしょう？」

「へえ、そりゃ、女将《おかみ》さんがそれでよいとおっしゃるのなら、あっしに異存《いぞん》はありやせんがね……。それに、年が明ければ、潤三が旅籠《はたご》の番頭を務《つと》めるようになるんだからよ……」

達吉が仕こなし顔に言う。

「あら、だからといって、大番頭さんが旅籠の収支《しゅうし》に関《かか》わりがないとはいきませんからね……。大番頭さんは旅籠と茶屋の両方に目を光らせてもらわなければなりません」

「いや、あっしはそんなつもりで言ったわけじゃねえんで……。ただ、潤三は手取り足取り教えなくても呑《の》み込みが早く、そんなふうに一を聞いて十を知られちまったんじゃ、あっしの出番がなくなるってもんで……」

「潤三が賢《さと》くて助かったではありませんか……。それに、台帳《だいちょう》はともかくとして、大番頭さんには留帳《とめちょう》の書き方、常連客の特徴や好みなど、まだまだ教えなければならないことが山ほどもありますからね」

「ええ、まっ……。けど、うちは商売柄《しょうべえがら》、掛け売りがねえのが助かりやすぜ……。師走《しわす》（十二月）に入《へえ》った途端《とたん》、巷《ちまた》には節季払《せっきばら》いの掛け取りが目の色を変えて行き来してやすからね。おっ、潤三、有難《ありがた》く思うんだな！」

達吉に頭を小突かれ、潤三が、へい、と頷《うなず》く。

達吉がおりきに、あっしも年が明けたら還暦《かんれき》を迎えるので、そろそろ潤三を正式に番頭にしてはどうか、と言ってきたのは二月《ふたつき》ほど前のことだった。

「それは構いませんが、おまえはどうするというのですか？　まさか、隠居を考えているのではないでしょうね」

「隠居……。いや、隠居といっても、あっしにゃ、ここより他に行く宛《あて》がねえ……。それで、これまで通り二階家に置いてもらい、これからは潤三の後見役《こうけんやく》というか、背後からあいつを支えてやることが出来ればと考えていやすんで……」

おりきは小首を傾《かし》げた。

「それはどういうことなのでしょう……。達吉、おまえは考え違いをしているのではないですか？　いいですか、大番頭という肩書《かたがき》は、旅籠だけのものではないのですよ。茶屋には茶屋番頭の甚助《じんすけ》がいますし、旅籠には達吉、おまえがいます。けれども、茶屋と旅籠の全体を束《たば》ねるのが、大番頭の務め……。おまえは旅籠の番頭を潤三に譲《ゆず》ればそれでよいと思っているようですが、潤三には旅籠の番頭は務められても、とても茶屋までは束ねることが出来ませんからね……。そのことをどう考えているのですか？」

「…………」

どうやら達吉はそこまで考えていなかったとみえ、袈裟懸《けさが》けでも食らったかのような顔をした。

「その様子では、そこまで考えていなかったようですね」

「へい……」

達吉は潮垂《しおた》れた。

「いいですか？　わたくしにも、おまえが言おうとしていることが解《わか》らなくはないのですよ……。潤三はもう独《ひと》り立ちしてもよい頃です。旅籠の番頭だけであれば、充分やっていけるでしょうからね。ですから、こうしたらどうでしょう？　年明けから、旅籠の番頭を潤三に、そして、おまえはこれまで通り、立場茶屋《たてばぢやや》おりき全体を束ねていく大番頭……。これなら、甚助も納得してくれるでしょうし、わたくしも心強いことのうえありません。正直に言いますとね、おまえに支えてもらわなければ、わたくしが心許《こころもと》ないのですよ。先代の女将亡き後、わたくしは達吉やおうめ、およねたちに支えられてなんとか立場茶屋おりきの女将を務めてこられましたが、およねは既《すで》にこの世にはいない……。そのうえ、達吉までが傍《そば》を離れていくとなれば、片腕をもぎとられたようで、考えるだに空恐《そらおそ》ろしいのですよ……。達吉、おまえには傍近くにいてもらいたいのですよ。ですから、金輪際《こんりんざい》、身を退《ひ》くなどという考えを持ってはなりませんぞ！」

「へっ……」

達吉は俯《うつむ》いたまま、肩を顫《ふる》わせた。

「どうしました？」

「嬉《うれ》しいんで……。女将さんがそこまであっしを頼りにして下さっていると知って……。ああ、あっしは無駄に生きてきたわけじゃなかったのでやすね」

達吉は泣いているようだった。

「当たり前ではないですか。おまえは先代女将の片腕といってもよい男《ひと》……。謂《い》わば、先代と共にこの立場茶屋おりきを創《つく》り上げた男《ひと》であり、先代亡き後は、このわたくしを二代目女将として守《も》り立てて下さった……。おまえがいなければ、わたくしは今日まで立場茶屋おりきを護《まも》ってこられなかったでしょう。それは、この先も同じです。ですから、わたくしが女将でいる間は、わたくしと共に歩《あゆ》んで下さいな……。わたくしはなんとかおきちが三代目女将になれるように仕込みます。ですから、おまえはいつの日にか潤三が大番頭となり、三代目を支えられるように仕込んで下さいな。そのときが、わたくしたちが身を退くとき……。ねっ、解ってくれましたね？」

達吉はなんとか納得してくれ、おりきは胸を撫《な》で下ろしたのだった。

とは言え、年明けから潤三が旅籠の番頭を務めるとなれば、もう三月《みつき》もない。

そのため、達吉はその日から早速《さっそく》、あれこれと潤三に番頭の仕事を教え始めたのである。

潤三は自分が番頭に昇格すると聞き、信じられないといった顔をした。

「あっしには十年早《はえ》ェ……。堺屋《さかいや》にいたあっしを立場茶屋おりきに拾ってもらえただけで有難《ありがて》ェのに、こんなに早く番頭に……」

「何言ってんでェ！　俺《おり》ャ、縄《なわ》にも蔓《かずら》にもかからねえ堺屋の店衆《たなし》の中にいて、掃《は》き溜《だ》めに鶴《つる》みてェに光っていたおめえに惚《ほ》れ込み、いずれ俺の跡《あと》を継《つ》ぎ立場茶屋おりきの番頭が務まるのはこの男しかいねえと、そう思って引き抜いてきたんだからよ……。俺の目は節穴《ふしあな》じゃなかったぜ！　僅《わず》か四年足《た》らずで旅籠の番頭を託《たく》せるほどに成長してくれたんだもんな！」

達吉は嬉しそうに頬《ほお》を弛《ゆる》めた。

四年前まで、潤三は当時彦蕎麦《ひこそば》の隣にあった立場茶屋堺屋の番頭見習だった。

ところが、堺屋は主人《あるじ》の栄太朗《えいたろう》が中気《ちゅうき》で倒れ、奉公人が一人逃げ二人逃げする有様《ありさま》で、そんな中にあり、潤三は堺屋が暖簾《のれん》を掲《かか》げているうちは雇《やと》ってもらった恩を忘れて逃げ出すことは出来ないと、堺屋に留《とど》まっていたのである。

達吉はその律儀《りちぎ》さに胸を打たれ、ますます潤三に惚れ込んだのだが、それから間なしに栄太朗が息を引き取り、堺屋は見世《みせ》をたたむことに……。

そのため、潤三は栄太朗の四十九日を済ませて、立場茶屋おりきに来ることになったのだった。

堺屋の跡は佃煮屋《つくだにや》の田澤屋《たざわや》が買い取ることになり、堺屋の未亡人お庸《よう》は見世を売った金で最後まで残った店衆に小体《こてい》な居酒屋を出させてやると、田澤屋伍吉《ごきち》の母おふなの世話をすることになったのである。

あれから三年と九箇月……。

さすがに潤三は達吉が見込んだだけあって、瞬《また》く間に立場茶屋おりきの仕来《しきた》りを覚え、旅籠衆《はたごしゅ》にも溶《と》け込んだ。

そうして半年もすると、達吉が安心して帳場を委《まか》せられるところまで成長していたのである。

あれは、三年前のこと……。

達吉が風邪《かぜ》を拗《こじ》らせ床に就《つ》いたことがあったが、あのとき、潤三の活躍がなければ旅籠は二進《にっち》も三進《さっち》もいかなかったであろう。

と言うのも、潤三はいちいち病床の達吉に教えを仰《あお》ぐことなく、見事に番頭代理を務め上げたのである。

その夜、おりきは二階家で休む達吉の許《もと》に蕪粥《かぶがゆ》を運んでいくと、潤三がやりくじりなくやっているかと案じる達吉に、

「潤三は何一つやりくじることなく、番頭の仕事を熟《こな》していますので安心なさい。短い間に、よくここまで潤三を仕込んでくれましたね。此度《こたび》のことで、わたくしはおまえの人を見る目の確かさに感服しました。堺屋の番頭見習だった潤三を、自分の跡を継ぐのはこの男しかいないとおまえが推挙《すいきょ》したとき、当時二十一歳と若年《じゃくねん》の潤三を見て、この子が一人前になるのはまだまだ先のことなのに、本当にこれで大丈夫なのだろうかと些《いささ》か危惧《きぐ》したのですが、達吉、おまえは潤三の為人《ひととなり》を見抜いていたのですね。潤三は一を聞いて十を知る男だと……」

とそう言い、達吉を安心させてやったのである。

「そう言っていただけると、あっしも嬉しいでやす。これでもう、いつお迎えが来て

も、安心してあいつに旅籠を託せやす」

達吉の言葉に、おりきの胸がきやりと揺《ゆ》れた。

「莫迦《ばか》なことを言うものではありません！　潤三にもわたくしにも、いえ、立場茶屋おりきには、達吉はなくてはならない存在なのです。おまえには一日も早く恢復《かいふく》してもらわないと困ります。このわたくしが断じてお迎えなど来させませんからね。覚悟していて下さいよ！」

達吉の頬をはらはらと涙が伝った。

「いけねえや……。女将さんにそんなことを言われたんじゃ、嬉しくって涙が止まらねえ……。へへっ、すっかり焼廻《やきまわ》っちまってよ。何かといえば、涙が出ちまう……」

「何を弱気な！　高々《たかだか》、風邪ではないですか。素庵《そあん》さまがおっしゃっていましたよ。温かくして身体《からだ》を休め、滋養《じよう》のあるものを食べていれば、四、五日で動けるようになるだろうと……。おまえはこれまで無理をしてきたのですもの、少し休むようにと神仏が与えて下さった休息のときと思うことです。さっ、薬を飲みましょうか」

「へい」

そのとき、おりきは部屋の中に溲瓶《しびん》が見当たらないのに気がついた。

これでは達吉が困るでしょうに……。

そう思い、何故《なぜ》、溲瓶がないのかと訊《たず》ねると、達吉は潤三が一刻《いっとき》（二時間）ごとに達吉の部屋を覗《のぞ》き、厠《かわや》まで連れて行ってくれるのだと答えた。

「まあ、潤三がそんなことまで……」

おりきの胸に熱いものが衝《つ》き上げてきた。

突然、達吉の代理を務めることになり、それでなくても身も心も恐慌《きょうこう》を来《きた》しているであろうに、まさか達吉の世話まで抜かりなくやっていたとは……。

おりきが思うに、恐らくその頃より、達吉にはもういつ身を退いてもよいという想いがあったのではなかろうか……。

だが、まだ身を退かせるわけにはいかない。

立場茶屋おりきのためにというより、達吉自身のために……。

それにしても、潤三が収入と支出、実質利益がひと目で判る出納帳を思いつくとは……。

確か、日本橋駿河町《にほんばしするがちょう》の呉服屋三井越後屋《みついえちごや》では、他の見世が掛け売りを専《もっぱ》らとするのに比べ現銀掛値《げんぎんかけね》なし商法をやってのけ、瞬く間に江戸屈指《くっし》の大店《おおだな》に伸《の》し上がったというが、その越後屋が取り入れたのが金銀出入帳《きんぎんでいりちょう》……。

潤三はどこかでそれを耳にしてきたのであろう。

旅籠にしても茶屋にしても、まず以《もっ》て掛け売りをしない。

たまに常連客の中に支払いは後ほどということがあるが、書出《かきだし》（請求書）を出せばすぐさま金飛脚《かねびきやく》にて代金が届けられ、節季払いなど考えられないこと……。

言ってみれば、現金商《あきな》いなのである。

ならば、潤三が言うように、出納帳のほうが解りやすいのではなかろうか……。

おりきは潤三の才覚《さいかく》に目を細めた。

そして、見るとはなしに、視線はおきちへと……。

おきちは蹲型《うずくまるがた》の掛け花入れに、白梅《しらうめ》と福寿草《ふくじゆそう》を活けようと奮闘中《ふんとうちゆう》であった。

極力《きよくりよく》、おりきは手を出さないように努《つと》めているのだが、まさかそこに鋏《はさみ》を入れるかと思う枝をバサリと落としてみたり、根付《ねづ》けにする福寿草の位置もなかなか定まらない。

あっ……。

おりきは息を吞んだ。

おりきならまず以て落とさないだろうと思う枝を、おきちがバサリと切り落としてしまったのである。

やれ……、とおりきは肩息《かたいき》を吐《つ》いた。

どうやら、おきちの女将修業はまだまだ永《なが》く続きそうである。

その頃、あすなろ園の裏庭では、貞乃《さだの》が珍しく声を荒らげ、勇次《ゆうじ》に痛棒《つうぼう》を食らわせていた。

「冗談にしても、してよいことと悪いことがあります！　勇次、悠坊《ゆうぼう》に謝りなさい」

勇次は不服《ふふく》そうに、ぷっと頬を膨《ふく》らませた。

「なんでおいらが謝らなければならねえのよ……。おいら、本当のことを書いただけだもん！　だって、先生もそう思うだろ？　子供の中で、親に捨てられたのは悠基《ゆりき》だけだからよ……。おいらとおせんは地震でおとっつァんやおっかさんが死んじまい、おひろと武蔵《たけぞう》は親兄弟《おやきようでえ》が二人を道連れに心中しようとしたところを逃げ出して来たんだし、おいねにもみずきにも海人《かいと》にも親がいる……。ほれみなよ！　親がいるのに置き去りにされたのは悠基だけじゃねえか……。だから、判りやすいように、捨了《すてご》って書いて背中に貼《は》りつけてやったんじゃないか。ああ、てんごうだよ……。てんごうをしてみただけなんだから、そんなに怒ることねえじゃねえか！」

「勇次！　そんなのは、てんごうと言いません。愚弄《ぐろう》したことになるのですからね！」

「愚弄ってなんでェ……。難《むずか》しい言葉を使われたんじゃ解りっこねえ」

「ですから、苛《いじ》めだと言っているのです。年端《としは》のいかない子を玩具《おもちゃ》にするなど許されたことではありません！　あんなことをされて、悠坊がどれだけ疵《きず》ついたと思いますか？　悠坊はね、茜《あかね》ちゃんと離れ離れにされて哀《かな》しい想《おも》いをし、このところやっと立ち直れたばかりなのですからね。それなのに、傷口に塩を塗《ぬ》るようなことをして……。あの子はね、他人《ひと》に言われるまでもなく、自分の置かれた立場がよく解っています。けれども、日頃はそれをじっと堪《た》え忍んでいるのですよ……。勇次も年が明けたら十五歳です。十五にもなって、弱い者苛めをして愉《たの》しいのですか？」

「ああ、愉しい……」

えっと、貞乃は思わず耳を疑った。

まさか、勇次の口からそんな言葉が出て来るとは思ってもみなかったのである。

「愉しいですって？」

勇次は不貞《ふて》たように、上目《うわめ》に貞乃を窺《うかが》った。

「だって、卓《たく》あんちゃんが旅籠の追廻《おいまわし》に入《へえ》ってからは、ちっともおいらの相手をしてくれねえし、他の子は餓鬼《がき》ばかりだもん！　おいらの次に年長なのはおせんだが、おせん、おいね、みずきと女《おな》ごの子ばっかで、男の武蔵は九歳、悠基は八歳、海人に至《いた》っちゃ四歳ときて、まるきり話にならねえ……。これで面白《おもしれ》ェわけがねえだろう？」

「………」

貞乃は言葉を失った。

言われてみれば、その通りなのである。

数年前の地震で親兄弟を失い、勇次があすなろ園に連れて来られたのが十歳のとき……。

そのときは、勇次には卓也《たくや》やおせんという仲間がいたし、四歳年上の卓也とは、どちらも父親《てておや》が海とんぼ（漁師）と境遇が似ていて、また猟師町《りょうしまち》ではすぐ近所に住んでいたのである。

その意味でも、勇次は心強かったであろうし、卓也とは仲間以上の兄弟の情を交《か》わしていたに違いない。

ところが、卓也が板前を志《こころざ》して旅籠の追廻に入ってからというもの、勇次にはぽかりと胸に穴が空《あ》いたのも同然……。

話し相手になる者もいなければ、手習ひとつ取ってみても、年少の子と同じというわけにはいかない。

此《こ》の中《じゅう》、勇次は平仮名だけでなく漢字や算勘《さんかん》、商売往来《しょうばいおうらい》といったものを学《まな》んでいるのだが、貞乃から見ても勇次だけぽつんと浮いた存在で、あまり居心地《いごこち》が良くなさそうなのである。

今日も、貞乃の書いた手本の漢字を復習《さら》っていて、その中に拾う、捨てる、放る、取るといった文字があり、ふっと勇次の中に悪戯心《いたずらごころ》というか、邪《よこしま》な気持が湧《わ》き起こってきたのであろう。

捨てる、捨てる、と書いていてきて、いつしか捨子に……。

まっ、そこまでは許せる。

ところが、あろうことか、勇次はキヲが障子《しょうじ》を貼り替《か》えようと仕度《したく》していた糊《のり》に目をつけると、半紙に糊をべたりと塗りつけ、悠基の背中に貼りつけてしまったのである。

背中に違和感を覚えた悠基は、ギャッと悲鳴を上げた。

すると、子供たちの視線が一斉《いっせい》に悠基へと注《そそ》がれ、おせんなどわざわざ悠基の背中に廻《まわ》り込み、腹を抱《かか》えて笑い転げたではないか……。

但《ただ》し、子供たちに捨子という文字が読めたかどうかまでは判らない。

が、子供たちにしてみれば、悠基が背中に貼紙《はりがみ》をつけていること自体が可笑《おか》しくて堪《たま》らないのであろう。

異変に気づいた貞乃が慌てて悠基の傍に駆け寄り、背中の貼紙を剝《は》ぐと勇次の腕を摑《つか》み、裏庭に連れ出したのである。

他の子たちの前で叱《しか》るのを避《さ》けたのは、子供たちに拾子と読めたかどうか判らないのに皆の前で叱りつけ、わざわざ意味を知らせることはないと思ったからである。

だが、勇次のこのふてぶてしさはどうだろう……。

一向《いっこう》に、悪いことをしたと思っていないようなのである。

貞乃の胸がじくりと疼《うず》いた。

恐らく、勇次は自分の置かれている立場に不貞腐《ふてくさ》れているのであろう。

このままにしておいてはならない……。

それでは、ますます心が荒《すさ》んでしまう。

貞乃は改まったように、勇次を見据《みす》えた。

「勇《ゆう》ちゃん、年が明けたら十五歳だよね？　そろそろ今後何をして立行《たちいき》していくのか考えてもよい頃なんだけど、勇ちゃんにはなりたいものがあるのかしら？　卓ちゃんは板場から漂《ただよ》う料理の匂《にお》いに惹《ひ》かれて、板前になりたいと思ったようだけど、勇ちゃんはどうかしら？」

勇次が目をまじくじさせる。

「おいら？　おいらが卓あんちゃんみてェに板前修業に？　嫌《いや》だよ！　おいら、食うのは好きだけど、作るのは嫌だ。おとっつァんが言ってたもん！　料理を作るのは女の仕事で、男は厨《くりや》に立つもんじゃねえ、男なら男らしく生きろって……」

「そう……。勇ちゃんのおとっつァんは漁師さんだったよね？　じゃ、おとっつァんのように漁師になりたいのかしら？」

勇次の目がぱっと輝く。

「うん。おいら、海とんぼになるのが夢だったんだ！　おとっつァんは自前《じめえ》の海とんぼでさァ……。小《ち》っちゃなべか舟を持っていて、こう言ってたんだ！　おめえが大きくなったら、このべか舟をやるから、一緒に漁に出ようなって……。けど、地震でおとっつァんやおっかさんばかりか、べか舟までなくしちまったんだ……」

「そうだったの……。でもね、勇ちゃんにその気があるのなら、舟を沢山持っている津元《つもと》（網元《あみもと》）の下で働けるのよ。本気で漁師になりたいのだったら、一度、女将さんに相談してみましょうか……」

「網子《あんご》になるんだろ？　おいら、おとっつァんみてェに一人がいい……。子供だからまだ無理というのなら、おとっつァんみてェに自前《じめえ》のべか舟で漁をする海とんぼに雇ってもらいてェ！　地震で家が壊れなかった海とんぼだっているんだから、ねっ、そっちを当たっておくれよ！　先生や女将さんが当たれねえというのなら、おいら、自分で当たってみてもいいよ……」

「勇ちゃんが自分で当たるといっても……。とにかく、先生が女将さんに話してみるから、少し待ってくれないかしら？　いずれにしても、年が明けて、少し暖かくならないと……。ねっ、解ったわね？」

勇次は海とんぼになる夢が叶《かな》うと思ったからか、その面差《おもざ》しから険《けん》が取れ、日に輝きが戻っていた。

「けれども、悠坊に謝るのを忘れてはなりませんよ。他の子供たちに文字の意味が解ったかどうかは判りませんが、悠坊が辱《はずかし》められたということだけは解っているのですからね」

貞乃がそう諭《さと》すと、勇次はようやく素直にこくんと頷いた。

「ああ、いいよ。謝るよ、謝ればいいんだろ……」

そうして、貞乃と勇次があすなろ園の中に入って行くと、キヲが慌てて寄って来た。

「まあ、外は寒かっただろうに……。さっ、勇坊《ゆうぼう》、手焙《てあぶ》りで手を温めるといいよ！」

キヲが手焙りを勇次の傍に引き寄せる。

「勇ちゃん、その前にすることがあるでしょう？」

貞乃がそう言うと、勇次が悠基の傍に寄って行き、ごめんよ、悪かったな！　とぺこりと頭を下げる。

悠基は気恥《きは》ずかしそうに、片頬《かたほお》を弛めた。

「いいよ。おいら、なんともないもん……」

「偉い、偉い！　さっ、仲直りだ……。これこれ、おせんちゃん、おいねちゃん、手が休んでいるじゃないか！　もう一度、お復習いした頃に、きっと、榛名《はるな》さんが小中《こじゅう》飯《はん》（おやつ）を届けてくれるだろうからさ」

キヲがポンポンと手を叩《たた》く。

貞乃はキヲの耳許《みみもと》に囁《ささや》いた。

「キヲさん、わたくし、ちょっと女将さんに話したいことがあるので、帳場に行かせてもらってもいいかしら？」

「ええ、どうぞ！　子供たちはあたしが見てますんで……」

「半刻《はんとき》（一時間）もしたら戻って来ますので、では、あとを宜《よろ》しく頼みますね」

貞乃はそう言い、旅籠の帳場へと向かった。

水口《みずぐち》から板場の中に入ると、子供たちの小中飯の仕度をしていた榛名が、あれっといった顔をする。

「小中飯ですか？　もう少しで出来ますけど……」

「いいえ、そうではなく、ちょっと女将さんに話があったものですから……。いらっしゃいます？」

すると、女中頭のおうめが食間から顔を出し、

「ええ、おいでになりますよ。じゃ、貞乃さまが見えたことをお知らせしてきましょうね！」

と言った。

「お願いします」

板場の中では、夕餉《ゆうげ》膳《ぜん》の仕度に大わらわのようで、板場衆《いたばし》が板場の中を忙《せわ》しそうに歩き廻っている。

その中に、卓也の姿を認め、貞乃は微笑《ほほえ》んだ。

あの活き活きとした、面差しはどうだろう……。

自《みず》らがなりたいと思った仕事に就け、卓也は希望に充《み》ち満《み》ちているのであろう。

「卓！　このひょうたくれが！　なんでェ、里芋《さといも》の面取《めんと》りの仕方は……」

煮方《にかた》の連次《れんじ》が鳴り立てる。

「へっ、済みやせん。すぐにやり直しやすんで……」

卓也が洗い場に戻って行く。

が、どしめかれても、卓也の顔には微塵芥子《みじんけし》ほども翳《かげ》りがない。

寧《むし》ろ、嬉しそうではないか……。

叱られるうちが華《はな》……。

皆、そうして研鑽《けんさん》を積んでいくのである。

それが解っているからこそ、卓也の視線は常に前へ前へと……。

「今日の小中飯はすすり団子《だんご》ですよ。箸《はし》を使わなくても啜《すす》れるように、団子をうんと小さくしましたの」

榛名が大鍋《おおなべ》の蓋《ふた》を取る。

汁粉《しるこ》の中に、小さな白い団子が浮いている。

「まあ、美味《おい》しそうだこと！　きっと、子供たちも大悦《おおよろこ》びですことよ」

そこに、おうめが引き返して来た。

「どうぞ、女将さんがお待ちですよ。但し、亀蔵《かめぞう》親分がお見えになっているんだけど、それでも構わなければ、どうぞってことで……」

「親分が？」

一瞬、貞乃は躊躇《ためら》った。

が、勇次のことを相談するのであれば、寧ろ、親分にいてもらったほうがよいかもしれない……。

「構いません。親分にも一緒に聞いてもらいたいと思いますので……」

「じゃ、あとで、女将さんや親分のと一緒に、貞乃さんのすり団子も帳場にお持ちしますね」

榛名が貞乃の背中に声をかける。

貞乃は会釈《えしやく》すると、土間から板の間へと上がって行った。


おりきは勇次が悠基の背中に捨子の貼紙をしたことを聞き、つと眉根《まゆね》を寄せた。

「何ゆえ、勇次がそんなことを……」

「あの糞餓鬼《くそがき》が！　あいつァ、前々《まえまえ》から手がつけられねえ権太《ごんた》だと思っていたが、そんな陰湿《いんしつ》な悪さをするとはよ……」

亀蔵もあからさまに不快《ふかい》の色を露《あら》わにした。

貞乃が困《こう》じ果てた顔をする。

「わたくしも戸惑《とまど》ってしまいましてね。確かに、これまでも悪さが過ぎるところはありましたが、どれも笑い飛ばせるようなものでしたからね……。それなのに、こんなことを……。それがね、あの子、このところどこかしら苛《いら》ついているようなのですよ。これまでは、それがどこから来るものなのか解りませんでした……。ところが、今日、勇ちゃんと話していて解ったことがありましてね。勇ちゃんが言うんですよ……。卓也さんが旅籠の追廻に入ってからというもの、ちっとも自分の相手をしてくれないし、あすなろ園の他の子たちは幼すぎて面白くないと……。そう言われてみると、確かにそうなのですよね。勇ちゃんの話し相手になれる子は一人もいませんし、手習のほうでも、勇ちゃんだけが学ぶことが違い、いつも、あの子だけが浮いた恰好《かっこう》で……。それで、訊《き》いたのですよ。年が明けると勇ちゃんも十五歳という年齢になり、そろそろ先行きのことを考えなければならないが、何かやりたいことがあるのかと……。そうしたら、あの子、おとっつァんのような漁師になりたいというではないですか……」

「おう、海とんぼだな……。なんでェ、ちゃんと考えてたんじゃねえか！　それなら、案じるこたァねえ。俺が竜龍《たつりゅう》の親方に口を利《き》いてやるからよ……」

亀蔵の言葉に、おりきも頷く。

「それがよいですわ！　おみのの兄さんのときにも、竜龍は快《こころよ》く引き受けて下さいましたからね」

貞乃が慌てる。

「それが……。勇ちゃんたら、網子にはなりたくないというのですよ」

「なに？　そりゃ一体《いってえ》どういうことなのかよ……」

亀蔵が訝しそうな顔をする。

「それが、勇ちゃんの父親《ておや》は自前のべか舟を持っていたそうで、自分も父親《ておや》のように津元に属さずに海とんぼをやっていきたいと言いましてね」

「てんごうを！　十五の餓鬼にそんなことが出来るわけがねえ……。あいつ、一体《いってえ》何を考えてやがる！　第一《でえいち》、舟は？　父親《ておや》のべか舟は地震の際に流されちまったんだろう？」

「ええ……。それで、勇ちゃんが言うには、地震で被害を受けなかった白前漁師がいるはずなので、雇ってくれないかと一軒一軒訪ね歩いてみる、先生や女将さんがそんなことは出来ないというのであれば、自分が一人で訪ね歩いてもよいと……」

貞乃が弱りきった顔をする。

「まあ、勇次がそんなことを……」

おりきは複雑な想いだった。

勇次の決意がそこまで固いとは……。

やんちゃで手前勘《てまえかん》(独りよがり)だとばかり思っていた勇次がそこまでの信念を持ち、一途《いちず》に進むべき道に突き進もうとする姿には胸を打たれるが、些か世間を甘く見すぎているのでは……。

おりきの脳裡《のうり》に、おきわの父凡太《ぼんた》と、おみのの兄才造《さいぞう》の姿が甦《よみがえ》る。

二人とも自前の海とんぼだったが、決して暮らし向きは楽ではなく、しかも、二人とも嵐の海に舟を漕《こ》ぎ出し、海の藻屑《もくず》に……。

殊《こと》に、才造の場合は、今思い返しても遣《や》り切れない。

三宅島《みやけじま》から十七年ぶりにご赦免《しゃめん》となって戻って来た才造を今後は海とんぼとして生きていかせようと、あのときも亀蔵が間に入り竜龍の網子にしてもらったのであるが、僅《わず》か四月《よつき》で才造が自前の舟を持ちたいと言い出すとは……。

そのためには舟が要《い》る。

そこで、才造はおみのを訪ねて来ると、中古のべか舟を十両で売るという男がいるので、その金を融通《ゆうずう》してくれるようにおりきに頼んでくれないか、と頭を下げたのである。

無論《むろん》、おみのは断った。

才造を竜龍に世話をしたのは、身請人《みうけにん》の亀蔵である。

その亀蔵に断りもなく、勝手な真似《まね》が出来るはずがない。

すると、才造は続いて亀蔵に相談を持ちかけたという。

亀蔵はそのときのことを、おりきにこう話した。

「それがよ、才造の奴、自前《じめえ》の舟を持ちてェと言い出したのよ」

「それはどういうことなのでしょう」

「つまりよ、自前《じめえ》の百姓がてめえの畑で採《と》った作物《さくもつ》のすべてが自分のものになるのと同じでよ。自前《じめえ》の網子は捕《と》った魚を津元に託し、津元が魚河岸《うおがし》に卸《おろ》して売上の一部を手間賃として取る……。が、舟を持たねえ網子は津元の舟を使うため、捕った魚はすべて津元のもので、網子は売上ではなく給金を貰《もら》うことになるのよ。ところが、自前《じめえ》の海とんぼの中には津元に属さねえ一匹狼《いっぴきおおかみ》がいてよ。おきわのおとっつァんもそうだったんだがよ……。津元に手間賃を払うこたァねえが、てめえが捕った魚はてめえで売り捌《さば》かなきゃなんねえ。この場合、よほどよい得意先を摑んでねえ限り、魚を売り残しちまう……。おきわのおっかさんが零《こぼ》してたぜ。夕刻近くまで売れねえことが度々《たびたび》あり、最後はただ同然で近所の者に配っていたと……。そのため、おきわ母娘《おやこ》は苦労のし通しでよ。費《つい》えの足《た》しになればと、ありとあらゆる手内職を熟してよ。それを見ているもんだから、俺ャ、才造におめえが考えているほど世の中は甘《あめ》ェもんじゃねえと諭してやったのよ」

「それで？」

「ところが、才造が言うには、十両でべか舟を売ってもいいという奴がいるらしくてよ。勿論《もちろん》、使い古しだがまだ充分使えるらしくて、十両なら買い物だというのよ。それで、おみのに十両の金を工面《くめん》してくれねえかと頼んだそうでよ……」

あっと、おりきは息を呑んだ。

「おみのにそんな大金が作れるわけがありません」

「ああ、おみのは才造が戻って来たら棟割《むねわり》でも借りて兄妹《きょうでえ》二人で出直すためにと貯《た》めた三両しかねえと言ったらしい。すると、あの野郎《やろう》、言うに事欠《ことか》いてなんと言ったと思う？　女将さんから借りてくれと言ったというのよ……。俺ャ、その話を聞いて、てめえ、この野郎、何を考えてやがる！　とどしめいてやったのよ」

「………」

「しかもよ、島帰《しまげえ》りのあいつを竜龍の旦那に雇ってやってくれと頭を下げたのはこの俺だぜ？　石の上にも三年というが、あいつ、海とんぼの道に入《へえ》ってまだ四月《よつき》だというのに、何が自前《じめえ》の舟を持ちてエだよ！　そんなことをしてみな？　温情《おんじよう》で御帳付き《ごちようつ》（前科者）を雇ってくれた竜龍に後足《あとあし》で砂をかけるようなもんだ……。この俺だって、竜龍に顔向け出来ねえだろうが！　そりゃよ、誰にも束縛されず、のびのびと漁をしてエと思う才造には窮屈《きゆうくつ》かもしれねえ……。だがよ、何事も辛抱《しんぼう》の棒が大事というじゃねえか……。竜龍の網子として我勢《がせい》してりゃ、そのうち旦那のほうから舟を持つことを勧《すす》めてくれるかもしれねえ……。そう言って、俺ャ、諄々《じゆんじゆん》と諭したんだがよ」

「それで、納得してくれたのでしょうか」

「ああ、不承不承《ふしようぶしよう》だがよ。身請人の俺が言うことだから仕方なく諦《あきら》めたんだろうて……。けど、おみのが辛《つら》かっただろうと思ってよ。兄貴のためになんとかしてやりてエと思う気持と、もうこれ以上おめえに迷惑はかけられねえという想いの板挟《いたばさ》みになってよ……」

亀蔵はそう言い、おみのが何をするにしても、まず親分に相談してからでないと駄目だと才造に言ったのは、亀蔵が反対すると読んでいたからであろうと言った。

が、おりきはどこかしら釈然《しやくぜん》としないものを感じた。

「恐らくそうなのだろうと思いますが、わたくしは才造さんがこのことで白棄無茶《やけしちや》になるのではないかと何故かしら危惧《きぐ》してしまいます。誰しも夢を絶《た》たれると意気阻喪《いきそそう》してしまいますが、才造さんの場合は十七年も流人《るにん》暮らしを強《し》いられ、やっと解放されてさあこれからという想いが人一倍強いのではないでしょうか……。親分は才造さんが海とんぼになって四月《よつき》しか経《た》たないと言われますが、確かに、竜龍では四月《よつき》かも知れませんが、才造さんには三宅島で漁をしてきたという自負《じふ》があるのですよ。だから、労役《ろうえき》としての漁ではなく、せっかく自由の身になれたのだから、これからは自分のための漁をしてみたいという想いが強いのではないでしょうか……」

おりきはそう言い、五十路《いそじ》近くになった才造には前途《ぜんと》はあまり永くはない、亀蔵の口から、才造を自前の網子として津元の下に就けてくれように竜龍に頼んでもらえないか、と言った。

「じゃ、おめえは才造に金を融通してやってもよいと思ってるのか？」

「ええ。但し、差し上げるのではなく、お貸しするということで……。何年かかってもよいので、こつこつと返して下さればよいと思っています」

それで、亀蔵が竜龍に頭を下げに行くことになったのだが、竜龍の親方の懐《ふところ》の深いこと……。

当然、渋《しぶ》い顔のひとつもするだろうと思っていたのに、亀蔵の言葉に真摯《しんし》に耳を傾《かたむ》けてくれ、通常、網子になりたての者に自前の舟を持たせることはしないのだが、才造の事情を考慮し許してもよいと言ってくれ、それればかりか、才造に話を持ちかけてきた糸次《いとじ》という男の舟は使い物になる代物《しろもの》ではない、十両はおろか、五両でも手を出す莫迦はいないだろうと言い、竜龍の舟を八両で分けてやってもよいとまで言ってくれたのだった。

それから半年後、自前の網子となった才造が、小白《こじろ》（一朱銀）二枚を手に返済にきた。

「此度はこれだけしか返《けえ》せやせんが、節季前《せつきめえ》にはなんとか少しでも返《けえ》さねえとと思いやして……」

まあ……、とおりきは思わず胸を熱くした。

口では少しずつでも返済すればよいと言ったが、正《まさ》な話、八両はおみのにやったつもりでいたのである。

と言うのも、おりきは茶屋や旅籠の女衆《おなごし》が年頃になると仲人嬶《なこうどかか》を立てて見合った相手に嫁《とつ》がせてきたのであるが、その折、五両程度の持参金を持たせてきたからだった。

が、おみのには三宅島に遠島《えんとう》となった兄才造が……。

そのためおみのは婚期が遅れてしまい、今や三十路《みそじ》を疾《と》うに過ぎてしまっている。

恐らく、おみのはこれから先も才造のことを気遣《きづか》い、嫁に行くことはしないであろう。

ならば、べか舟を買うために貸した八両はおみのにやったものと考えてもよい。おりきはそう思っていただけに、思いがけなくもあり嬉しくもあった。

「やっぱ、これじゃ、少なすぎやしたか……」

「とんでもありません。充分ですよ。わたくしね、嬉しくって……。ちゃんと約束を守って下さったのですものね。けれども、無理をしたのではないでしょうね？　親分の話では、才造さんは自前の舟を持つと同時に通いになられたとか……。住み込みならば住まいや食事の心配をすることはなかったのに、すべて自前となれば掛かりも大変でしょうに、大丈夫なのですか？」

おりきがそう訊ねると、才造は、青物の担《にな》い売りと、青物の売れ残りと竜龍に納められなかった雑魚《ざこ》をすっと換《が》え（交換）しているので大丈夫だ、と答えた。

そうして才造は、あのとき親分や女将さんの忠告を素直に聞いていてよかった、と続けた。

「あっしも現在《いま》じゃ、津元に属さねえ一匹狼になりてェと生意気なことを言ったことを恥じてやす……。魚を捕るのと売り捌くのは、また別のこと……。今思えば、津元に歩合《ぶあい》を納めるよりも、何もかもをてめえの手でと欲《よく》をかいたことが猿利口《さるりこう》（浅知恵）で、魚を捕ったのはいいが、捌ききれずに頭を抱《かか》えている海とんぼを見るにつけ、つくづく、女将さんや親分の忠告に耳を貸していてよかったなと……」

おりきたちもそれを聞き、心《しん》から胸を撫で下ろしたのだった。

ところが、この三月のことである。

まさか、才造が嵐の海に舟を漕ぎ出していき、帰らぬ人になろうとは……。

なんでも、聞くところによると、才造は胸を病《や》み猟師町の仕舞《しも》た屋で療養中の女ごに、なんとしてでも魚を届けたいと、嵐の海に舟を漕ぎ出していったのだという。

竜龍の親方弾五郎《だんごろう》は、苦々《にがにが》しそうに亀蔵に説明した。

「あの莫迦が！　俺があれほど今日は一艘《いっそう》たりとも舟を出すんじゃねえと言い置いて出掛けたというのに……。あいつ、てめえだけはドジを踏まねえと、妙な自負を持ってるもんだから始末に悪《わり》ィ！　周囲《まわり》の者が止めるのを振り切り海に舟を漕ぎ出したというのだからよ」

「いや、あっしや親方がいれば、才造が四の五の言おうと舟から引きずり下ろしていやしたよ。ところが、生憎《あいにく》、あっしも親方も昨日は出掛けなきゃならなくなり、こいつら三下《さんした》じゃ手に負えなくて……。なんせ、才造はこいつらより歳上《としうえ》で、しかも島帰《しまげえ》りときて、それで、何かとびびっちまい才造の言いなり三宝《さんぼう》……」

竜龍の宰領待造《さいりようまちぞう》もそう言った。

どうやら、才造はお登志《とし》という病《やまい》の女ごのためにせっせと魚を届けていたようなのである。

網子の一人はこう言った。

「あっしはこんな日に舟を出すのは止《よ》せと止めたんでやすぜ？　それなのに、あいつ、他の日ならともかく、今日はあの女《ひと》の生まれた日なんだ、誰も祝ってやらねえのは可《か》哀相《えいそう》だから、せめて、俺が尾頭《おかしら》付きの魚で祝ってやりてェ……、とそう言ったんでやすぜ？　惚れていなくて、どうしてそんなことが言えようか。間違《まちげ》ェねえ！　才造さんはあの女ごに夢中だったんだよ」

亀蔵は才造がお登志に魚を届けたくて嵐の海に舟を漕ぎ出したと聞き、どこかしら納得した。

才造は決して幸せと言えなかった自分の身の有りつきと、お登志の身の有りつきを重《かさ》ね合わせ、先の永くないお登志に現在《いま》はまだ生きているという悦《よろこ》びを味わわせたかったに違いない。

そこには男と女ごの関係を超越《ちようえつ》した、魂《たましい》の触《ふ》れ合いのようなものを感じた。

そして、おみの……。

才造のことを聞き、さぞや驚愕《きょうがく》するに違いないと思っていたおみのが存外《ぞんがい》に平静で、こうなることが解っていたような気がする、と言ったのである。

「夕《ゆん》べ、夢枕《ゆめまくら》にあんちゃんが立ったんですよ。あんちゃん、あたしの顔をじっと瞠《みつ》めてた……。あたしがどうしたのって訊ねても何も言わず、あたしが手を差し伸べたらすっと消えてったんだけど、あんちゃんのあんな顔を見たのは子供の頃以来で……。草刈鎌《くさかりがま》で左手の指を三本失う前の、妹思いの優《やさ》しいあんちゃんの顔でした。あたし、夢から醒《さ》めた瞬間、あんちゃんに何かあった……、と悟《さと》りました。同時に、別れを告げに来たのじゃなかろうかとも……。ああ、このことだったんですね」

そして、才造が病のお登志に魚を食べさせてやりたい一心《いっしん》で、嵐の海に舟を漕ぎ出したと聞くと、

「そうだったんだ……。あんちゃん、その女《ひと》のことが好きだったんだ……。でも、良かった！　あんちゃんが誰かのためを思い、居ても立ってもいられなくなったということが聞けて……。あたし、あんちゃんにもそんな気持があったと思うと嬉しい……。それが恋心だとしたら、もっと嬉しい！　だって、束《つか》の間であれ、あんちゃんにも常《つね》並《なみ》な心が持てたということだもの……。あんちゃん、きっと満足して海に消えていったんだ。あんちゃん……、あァん、あァん、あんちゃん……」

そのとき初めて、おみのの頰を涙が伝い、堪《こら》えきれずにわっと前垂《まえだ》れで顔を覆《おお》った。

あれから九月《くつき》……。

結句、おきわの父親凡太のときと同様、才造の亡骸《なきがら》は未《いま》だに上がらず終《じま》い……。

「おう、おりきさんよォ、おめえ何を考えてる……」

亀蔵の言葉に、おりきはハッと我に返った。

「えっ、ああ、申し訳ありません……。それで、どこまで話したのかしら？」

おりきがそう言うと、亀蔵は呆《あき》れ返った顔をした。

「なんでェ、聞いてなかったのかよ？　いや、勇次が自前《じめえ》の舟を持った海とんぼの家を一軒一軒訪ね歩くと言ってるが、そんなことをしたって、すぐには役に立たねえ見習を雇うような物好きはいねえと言ってたのよ……。そりゃそうだろう？　津元なら、若《わけ》エもんを育てる意味で抱えてくれるかもしれねえが、一匹狼にゃ、心の余裕《ゆとり》もなきゃ財力もねえ……。三食、ただ飯を食わせてくれる結構人《けっこうじん》(好人物)がどこにいようかよ！」

「ええ、確かに親分がおっしゃるとおりなのですが、頭ごなしにそう言っても、果たして、勇ちゃんを納得させることが出来るかどうか……」

貞乃が困じ果てたように言う。

おりきも頷いた。

「わたくしもそう思います。勇次が自分で当たってみるというのであれば、やらせてみましょうよ！　自分で頭を下げて廻ってみて初めて、勇次にも現実の世がどんなものか解るでしょう……。わたくしは勇次が自ら何かをしようという気になったことを買ってやりたいと思います。現実にぶつかり、挫折《ざせつ》してもよいではないですか！　勇次がそこからもう一度立ち上がろうとするならば、そこで初めて、わたくしたちが手を差し伸べてやればよい……。とにかく、一人でやらせてみましょうよ！」

亀蔵が目を瞬《しばたた》く。

「おったまげたぜ！　おめえがそんなことを言うとはよ……」

「思い違いをしないで下さいよ。わたくしは決して勇次を突き放しているのではないのですからね」

貞乃がくくっと肩を揺する。

「勿論《もちろん》、解っていますこととよ！　女将さんが獅子《しし》の気持でおられることを……」

亀蔵も目から鱗《うろこ》が落ちたような顔をする。

「おう、あれか！　獅子が千仞《せんじん》の谷に我が子を突き落とすって……。成程《なるほど》、勇次にはそのほうがよいのかもしれねえ！　ああ、解ったぜ。じゃ、暫く、俺たちは様子《ようす》見《み》ってことで……」

亀蔵はおりきと貞乃に目まじしてみせた。

師走もはや十三日……。

この日から、巷では煤払《すすはら》い、松迎《まつむか》え(門松にする松を山から伐《き》り出す)、餅搗《もちつ》きなどの正月準備に入る。

通りで節季候《せきぞろ》(物貰い)や暦《こよみ》売り、扇箱《おうぎばこ》売りなどを頻《しき》りに見掛けるようになるのもこの頃で、十四、十五日の深川八幡宮《ふかがわはちまんぐう》を皮切りに、浅草寺《せんそうじ》、神田明神《かんだみようじん》、芝神明宮《しばしんめいぐう》と大晦日《おおつごもり》にかけて各地に歳の市が……。

立場茶屋おりきでも、朝から下足番《げそくばん》の吾平《ごへい》と見習の末吉《すえきち》が旅籠の煤払いに余念《よねん》がない。

「この藤四郎《とうしろう》が！　煤払いなんてもんは、上から下へと払っていくもんでェ！　そう、そうだ、軒樋《のきとい》からだよ……。落ち葉が積もってねえか気をつけるんだ！　まったく、毎年、同じことを言わせるんだからよ……。おめえがここに来てから五年も経っというのに、一向《いっこう》に成長しねえとはよ！　潤《じゅん》さんをみてみなよ。年が明けたら旅籠の番頭に昇格するというのに、おめえはなんだ！　こんな調子じゃ、生涯《しょうげえ》、下足番見習のままだぜ」

吾平が鳴り立てる。

が、末吉は何を言われても、暖簾《のれん》に腕押し……。

大柄な体軀《たいく》を持て余すかのように腰を折り、煤竹《すすだけ》を操《あやつ》っている。

「末吉、聞いてんのかよ！」

末吉はぎくりと手を止めると、怖《お》ず怖ずと呟《つぶや》いた。

「おいら、このまま見習でいい……」

「てんごう言ってんじゃねえや！　なんのためにおめえに下足番修業をやらせてると思うんでェ……。俺も六十路《むそじ》だ。いつまで下足番をやっていられるかどうか判らねえから、こうして、おめえが独り立ち出来るようにと育てているんじゃねえか！　おめえがそんなんじゃ、俺も考えを改めて、やる気のある他の奴を新規に雇うようにと女将さんに進言《しんげん》しなくちゃならねえからよ……。おうそれでいいのかよ！」

「そしたら、おいらは？」

「決まってらァ……。そうなりゃ、おめえはお払い箱よ！」

「お払い箱って……。おいら、ここを追い出されたら、行くところがねえ……」

末吉が大きな身体を丸め、潮垂れる。

「だったら、我勢するこった！　ほれ、手が遊んでるじゃねえか。ここが終わったら、二階家やあすなろ園もやらなきゃなんねえからよ……。ときは待ってちゃくれねえんだよ！」

そこに、勇次が通りかかった。

「おっ、待ちな！　勇坊、どこに行くんだよ……」

勇次は心細そうに吾平を見上げた。

「猟師町へ……」

「猟師町？　一体《いってえ》何しに……」

「自前《じめえ》の舟を持ってる、海とんぼの家に……」

「…………」

吾平には勇次の言おうとしていることが理解できない。

「貞乃先生と女将さんが一人で行ってこいって……」

「一人で行けって？　なんでまた……。勇坊一人に行かせていいのかよ。一体《いってえ》、女将さんたちは何を考えてるんだか……」

「けど、本当だもん。一人で行けって言ったんだもん……」

おやおや、これはどうしたことか……。

勇次は自分から一人で海とんぼの家を一軒一軒訪ねて廻ると言いだしたくせして、これではまるで、おりきや貞乃に無理に行かされているようではないか……。

「だったら、一人じゃ心細い、誰か大人について行ってほしいと言えばいいじゃねえか！」

すると、勇次がムッとした顔をする。

「言えっこねえ！　一人で行くと言ったのは、おいらだもの……」

吾平が呆れ返った顔をする。

「なんでェ、そうかよ……。だったら、しょうがねえな。おめえ、一人で出来ると思ったからそう言ったんだろ？」

「うん……」

「何をしに行くのかは知らねえが、だったら、まっ、せいぜいきばってくるんだな！　おう、末吉、また手が止まってるじゃねえか！」

吾平の関心は、あっさり、末吉へと……。

勇次は諦めたように、とぼとぼと歩き始めた。

自前のべか舟を持っている海とんぼに弟子入り志願をすると言ってはみたものの、勇次が知っているのは、村治《むらじ》と杉作《すぎさく》という男の二人だけで、それも父親《ておや》が生きていた頃に一度逢《あ》ったきりなのである。

おいらのことを憶《おぼ》えてくれてるだろうか……。

品川宿《しながわしゅく》が地震災害にあったのが四年半ほど前のことで、当時、勇次は十歳だったのである。

この時期の子供の成長ぶりには目を瞠《みは》るものがあり、勇次は背丈も一尺（約三〇・三センチ）は伸びたし、声変わりして、面差しから子供らしさが消えたように思う。

けど、憶えてくれてねえにしても、おとっつァんの名前《なめえ》を出せば、思い出してくれるかもしれねえ……。

勇次はとにかく猟師町を訪ねてみることにした。

行合橋《ゆきあいばし》を右に折れ、川沿いに岬《みさき》のほうへと歩いて行く。

久し振りに見る町並《まちなみ》は、勇次が住んでいた頃の面影《おもかげ》を留めているところと、すっかり様変《さまが》わりしたところが混在《こんざい》していて、まるで初めて訪れる町のようにさえ思えた。

様変わりしたと感じるのは地震被害の大きかった地区で、現在《いま》そこには新しく建った仕舞《しも》た屋や裏店《うらだな》が棹《さお》になって並んでいる。

おいらがいた裏店は、現在《いま》どうなっているんだろうか……。

勇次は立ち止まると、裏店のあった方向へと目をやった。

けど、あそこはおとっつァんやおっかさんが瓦礫《がれき》の下で息絶《いきた》えたところ……。

懐《なつ》かしい思い出のある場所でもあり、哀しい想いの詰まった場所でもあった。

勇次の耳底には、現在《いま》でも、瓦礫の下から聞こえてくる母親の呻《うめ》き声がこびりついている。

「おっかさん、今、柱をどかしてやるからよ！　なんだよォ、ちっとも動かねえじゃねえかよ……。誰かァ、誰かおっかさんを助けてくれ！」

勇次は四囲《しい》に視線を彷徨《さまよ》わせると、大声で叫んだ。

が、辺りはどこも瓦礫の山で、誰もが夢中になって肉親を救おうとしていて、とても他人《ひと》のことにまで手が廻らない。

瓦礫の下から聞こえてくる母親の呻き声が次第に弱々しくなり、そして遂《つい》に、何も聞こえなくなった。

ごめんよ、おっかさん、おっかさん、ごめん……。

勇次は魂《たましい》を抜き取られたかのように、その場に蹲った。

その日、勇次は中食時まで浜辺で遊び呆《ほう》けていて、難を逃《のが》れたのである。

やがて、どこからか上がった火の手が勇次の裏店まで迫ってきた。

「坊、そんなところにいちゃ危《あぶ》ねえ！　さあ、逃げるんだ」

誰かが叫んだ。

が、勇次は動こうとしない。

見かねた近所の者が勇次の傍に駆けつけ、強引《ごういん》に抱え上げた。

「嫌だ！　おいら、おっかさんの傍にいる」

「莫迦なことを！」

「嫌だ、嫌だ、放してくれ！」

「暴れるんじゃねえ！　この餓鬼は……」

男の手が勇次の頬に飛んだ。

そこから先は、何がなんだか判らない。

気づくと、勇次は浜辺に佇《たたず》んでいた。

勇次の父親《てておや》の焼死体が見つかったのは、翌日のことである。

どうやら、漁から戻った父親《てておや》は中食を摂《と》ろうとして家に戻っていたらしい。

遊び呆けていた勇次が助かり、ひと晩中漁に出て、捕った魚を得意先に配達して戻ったばかりの父親《てておや》が生命《いのち》を落とすことになろうとは……。

その後、あすなろ園に引き取られた勇次は、苦《にが》い思い出を振り切るために、猟師町のことは考えないようにしてきた。

だが、どうやら考えないわけにはいかない、そのときがやってきたようである。

これから先、何を生業《なりわい》としていくのかと問《と》われれば、やはり、自分は父親《ておや》の歩んだ道に進みたい……。

余計《よけい》なことは喋《しゃべ》らない寡黙《かもく》な父親《ておや》だったが、舟を漕ぐときの顔が凜々《りり》しくて、いかにも海の男を想わせた。

おいら、おとっつァんみたいな海とんぼになる！

それが、もう二度と逢うことの叶わない、双親《ふたおや》への恩返しと思っていたのである。

勇次はふうと太息《ふといき》を吐くと、再び歩き始めた。

暫く歩くと、幸運にもあの地震で倒壊《とうかい》を免《まぬが》れた地区に行き当たった。

殆どが一戸《いっこ》建《だ》ての仕舞た屋……。

裏店の作りに比べ、恐らく、普請《ふしん》がしっかりしていたのであろう。

その一角《いっかく》に、父親《ておや》と親しくしていた村治と杉作の家がある。

刻《とき》は四ツ（午前十時）を廻ったばかりで、村治の漁が夜分から早朝にかけてであれば、今時分は陸《おか》に上がっている頃だろう。

案の定、村治は煤竹を手に、軒樋に積もった落ち葉を払っていた。

「あのう……」

勇次が声をかけると、村治は驚いたように振り返った。

「俺か？　俺に用か……」

村治が訝しそうな顔をする。

勇次はこくりと頷いた。

「見掛けねえ顔だが、おめえは誰でェ……」

「おいら、亮造《りょうぞう》の子で、勇次っていうんだけど、おっちゃん、おいらのことを憶えてねえか？」

「亮造……。おう、四年前《めえ》の地震で死んだ、亮さんの？」

「うん」

「えっ、じゃ、おめえがあのやんちゃ坊主の勇次……。たまげたァ！　こんなに大きくなってよ。確か、おめえ、あの地震でおっかさんも亡くしちまったんじゃ……。えっ、じゃ、あれからどうしてたんだよ？　あれっきり姿が見えなくなっちまったんで、親戚《しんせき》にでも引き取られたのかと思っていたんだが……。俺も気にはなっていたんだが、なんせ、あのときは知り合いが何人も死んじまっただろ？　すべての者にまで目が届かなくてよ……」

「あすなろ園にいたんだ……」

「あすなろ園？　なんでェ、そいつは……」

村治がとほんとしたそのとき、表で人の声がするのを聞きつけ、村治の女房お久仁《くに》が出て来た。

「誰と話してるんだえ？　おや、この子、見掛けない顔だね」

「おっ、いいところに出て来た！　驚くな？　こいつ、亮さんの餓鬼だとよ。ほれ、手に負えねえ悪餓鬼がいただろう？　いつも悪さをしてはおっかさんにどしめかれていた……」

村治がそう言うと、お久仁が目をまじくじさせる。

「ああ、いた、いた！　えっ、あの子がこんなに大きくなったのかえ？　まあ驚いた！　随分《ずいぶん》としっかりしたじゃないか。ああ、そう言えば、目許《めもと》がおとっつァんに似てるじゃないか！　顔の輪郭《りんかく》はおっかさんかね？」

お久仁が品定《しなさだ》めでもするかのように、勇次を睨《ね》め回す。

「お久仁、あすなろ園ってのを知ってるか？」

「あすなろ園？　さあ……」

お久仁が首を傾げる。

「門前町《もんぜんちょう》に立場茶屋おりきってのがあるのを知ってるかい？」

勇次がそう言うと、お久仁が目を瞠る。

「知ってるさ！　品川宿で立場茶屋おりきを知らない者はいないさ。けど、あたしら下々《しもじも》の者には高嶺《たかね》の花……。料理旅籠は到底《とうてい》無理としても、せめて茶屋のほうにでも行きたいんだけど、それすら叶わないんだからね……。その立場茶屋おりきがどうしたのさ……」

「何年か前に、女将さんが俺たちみてェな孤児《みなしご》を集めた養護施設を作ったのを知ってる？」

「えっ、それが、あすなろ園だというのかえ？」

「うん。あのとき、おいらと卓也って子と、おせんの三人が引き取られていったんだ……。他にも親に死なれた子や、捨てられた子がいるけどね。おばちゃん、卓也って子を知ってる？　おいらと同じ猟師町の海とんぼの子で、おとっつァんの名前が七助《しちすけ》っていうんだけど……」

「おう、七助……。知ってるぜ。そうか、七助もかみさんもあのとき死んじまったんだよな……。なんだ、七助の餓鬼もおめえと一緒にあすなろ園にいるのかよ……。確か、あいつはしっかりした子だったよな。それで、現在《いま》どうしてる？」

「卓あんちゃんはおいらより四歳も年上で、現在《いま》は旅籠の追廻をやってるよ」

「ほう、そいつァいいや！　あすなろ園で年頃になるまで育ててもらい、そのまま旅籠か茶屋の店衆になれるんだからよ。女将も考えたじゃねえか！　ところで、立場茶屋おりきの女将ってのは、滅法界《めっぽうかい》、弁天《おべん》（美人）なんだってな？」

「おまえさん！」

お久仁《おな》に睨《にら》みつけられ、村治がえへっと肩を竦《すく》める。

「女ごと見ると、すぐにこれなんだからさ！　そりゃそうと、あそこの旅籠の料理は天下一品《てんかいっぴん》なんだってね？　腕の良い板さんがいるとかで、誰かが言ってたよ。立場茶屋おりきの板頭《いたがしら》は八百善《やおぜん》や平清《ひらせい》より上だって……」

「へっ、利いたふうなことを！　八百善や平清だって？　ヘン、行ったこともねえくせして、見ぬ京物語をするもんじゃねえや……」

「何が見ぬ京物語だよ！　だからさ、あたしが言ってるんじゃなくて、そんなふうに言ってた人がいると……」

「そうけえ、そうけえ……。じゃ、そんなに立派な板前がいるのなら、卓也といったっけ？　そいつも先が愉《たの》しみじゃないか！　で、おめえは？　おめえ、幾《いく》つになった？」

　村治が勇次の顔をしげしげと瞠める。

「年が明けたら、十五……」

「ほう、もう十五か……。じゃ、おめえもそろそろ修業に入《へえ》るんだな？」

　勇次はそろりと村治の顔を窺った。

「そのことなんだけど……」

「なんでェ、早く言ってみな」

「おいら、おとっつァんみてェな海とんぼになりてェ……」

「まあ、なんて殊勝《しゅしょう》なんだろう！　おまえさん、聞いたかえ？　亮さんみたいな海とんぼになりたいんだってさ……」

　お久仁が感心したように村治の顔を見る。

「ああ、聞いた……。そうかよ、それを聞いたら、死んだおとっつァんも悦《よろこ》ぶだろうて……。じゃ、どこかの津元に入《へえ》るんだな？」

　勇次が首を振る。

「津元にゃ入《へえ》らねえって？　じゃ、どうするつもりなんだよ……」

　村治が驚いたように言う。

「おいら、おとっつァんみてェな自前《じめえ》の海とんぼになるのが夢なんだ！　だから、おっちゃんのところで修業させてくれねえか？」

「俺のところで？」

村治が目を丸くする。

「おっちゃんちは自前《じめえ》だろ？」

「ああ、確かにおめえの親父《おやじ》みてェに自前《じめえ》の舟を持ち、津元にも属してねえが……」

「だから、おっちゃんちで修業して、おいら、お金を貯めて舟を持ち、独り立ちしてェんだ……」

村治とお久仁が、呆れ返ったように顔を見合わせる。

それぱかりか、お久仁がぷっと噴《ふ》き出すではないか……。

「何を言ってんだろうね、この子は……」

「おう、勇次、よく聞けや。おめえに頼られたとはそりゃ光栄なこったが、見なよ、この蒲鉾小屋《かまぼこごや》を……。いっそのやけ、あのときの地震でぶっ壊れてたらまだ諦めもつくが、どういうわけか難を逃《のが》れちまったもんだから、現在《いま》もこうしてぼろ屋にしがみついてるんだが、偉そうに口じゃ自前《じめえ》の海とんぼと言ってるが、なんとか親子が身過ぎ世過ぎしていくのが筒一杯《つついっぺえ》なのが現状でよ……。とても、余所《よそ》の子を預かる余裕《ゆしり》はねえ……」

村治が困惑《こんわく》したように言うと、お久仁も相槌《あいづち》を打つ。

「お恥ずかしい話だが、その通りでね。他を当たってみなと言いたいが、どこを当たったところで同じでさ……。津元に属さない自前の海とんぼの暮らし向きなんて、皆が思ってる以上に吝《しわ》くてさァ……。おまえだって知ってるだろうに……。おっかさん、お金のことで何か零していなかったかえ？」

「…………」

勇次には返す言葉がなかった。

何しろ、記憶にあるのは十歳までのことで、幼い勇次には我が家の立行が苦しかったのかどうか解りようもない。

ただ、食うに事欠《ことか》いたという憶えはないように思う。

さしてひだるい（空腹《からはら》）想いをしたこともなく、双親が金のことで言い争っている姿を目にしたこともない。

とは言え、母親は常にありとあらゆる手内職に勤《いそ》しんでいたし、父親《てておや》が漁から戻って中食を済ませ、再びどこかに出掛けていたことは憶えている。

してみると、二人とも、子供の前で繰言《くりごと》を募《つの》らなかっただけで、正な話、生活《たつき》は火の車だったのかも……。

「憶えていないんだね？　まっ、亮さんもかみさんも、あたしたちと違って出来た人だったから、子供の前で愚痴《ぐち》らなかったのかもしれないね……」

お久仁が肩息を吐く。

「そんなわけでよ。うちじゃ、おめえを雇ってやれねえ……。それによ、おめえは何か思い違いをしているようだが、おめえのおとっつァんもこの俺も、端《はな》から自前《じめえ》の海とんぼじゃなかったんだぜ。若ェ頃《わけ》は津元で修業を積み、津元からやっと網子として認められ舟を与えられるまでに十年もかかり、自前《じめえ》の舟が持てたのは、もっと後のこと……。それも舟を買うために始末に始末を重ねてよ。そりゃあ、血の滲《にじ》むような努力を惜《お》しまなかった……。なっ、お久仁、おめえにもさんざっぱら苦労をかけちまったよな？」

「ああ……。けど、若い頃の苦労は買ってでもしろっていうけど、ありゃ本当だね。やっとべか舟が持てたときには一国一城《いっこくいちじょう》の主人《あるじ》にでもなった気分でさ！　ああ、この男《ひと》について来て良かったなって……。今思うに、あれだけ辛抱して、我勢した末に手に入れた幸せだったから、尚《なお》のこと、嬉しかったんだと……」

お久仁がしみじみとした口調《くちょう》で言う。

「そういうことでよ。何事もいきなりじゃねえってことなのよ……。だから、おめえも先々自前《さきざきじめえ》の舟を持ちてェと思うのなら、まず、津元の下で修業するこった……。津元に心当たりがねえというのなら、俺が丸菱《まるびし》を紹介してやってもいいが……」

勇次はきっと顔を上げた。

「いえ、いいです！」

「いいって……。ああ、どこか津元を知ってるというんだな？」

「…………」

勇次の胸の内では、大風が吹いていた。

やっぱ、女将さんや貞乃先生の言うとおりだったんだ……。

だが、だからといって、やっぱし、駄目でした……、としおしおと尻尾《しっぽ》を丸めて引き下がるのは悔《くや》しい。

いや、まだ杉作さんのところがある！

勇次は村治の目を真《ま》っ直《す》ぐに見据えると、他を当たってみますんで……、と言った。

「他を当たるって？　てんごうを！　どこを当たったところで同じさ！　まっ、どうしてもと言うのなら、俺ャ、止めはしねえけどよ……」

村治は開いた口が塞《ふさ》がらないといった顔をした。

勇次は胸に鉛《なまり》でも詰め込まれたような想いに、とぼとぼと海べりの道を引き返した。

杉作の家でも、村治と同じことを言われたのである。

「甘《あめ》エ、甘エ！　そんな考えじゃ、何をやったところでものにはならねえや……。大工《でえく》だって左官だって、一人前《めえ》の職人になるには何十年もときがかかるんだ。海とんぼだって同じでよ……。自前《じめえ》の海とんぼの下に就けば、てめえもすぐさま自前《じめえ》の舟が持てると思うのが大間違《おおまちげ》ェでよ！　村治に断られたというが、そりゃ断られて当然……。うちだって、おめえの面倒は見られねえ……。それによ、うちには十八の息子がいるんだ。そいつに跡を継がせるのも大変《てえへん》だというのに、いくらおめえの親父とは昔の誼《よしみ》といっても、土台《どだい》、無理な話……。村治が言うように、海とんぼになりてェのなら、津元の下に就くこった……。それしか方法がねえと思うんだな！」

杉作はそう言うと、この年の瀬の忙《せわ》しないときに、埒《らち》もない話に付き合う暇はないとばかりに、そそくさと家の中に引っ込んでしまったのである。

こうなると、勇次にはもう打つ手がない。

やっぱ、親分に頭を下げて竜龍に行くしかねえんだろうか……。

「おめえのおとっつァんもこの俺も、端から自前《じめえ》の海とんぼじゃなかったんだぜ。若《わけ》ェ頃は津元で修業を積み、津元からやっと網子として認められ舟を与えられるまでに十年もかかり、自前《じめえ》の舟が持てたのは、もっと後のこと……。それも舟を買うために始末に始末を重ねてよ。そりゃあ、血の滲むような努力を惜しまなかった……。なっ、お久仁、おめえにもさんざっぱら苦労をかけちまったよな？」

「ああ……。けど、若い頃の苦労は買ってでもしろっていうけど、ありゃ本当だね。やっとべか舟が持てたときには一国一城の主人にでもなった気分でさ！　ああ、この男《ひと》について来て良かったなって……。今思うに、あれだけ辛抱して、我勢した末に手に入れた幸せだったから、尚のこと、嬉しかったんだと……」

「そういうことでよ。何事もいきなりじゃねえってことなのよ……。だから、おめえも先々自前《じめえ》の舟を持ちてェと思うのなら、まず、津元の下で修業するこった……」

村治とお久仁の言葉が甦る。

刻は正午近くになるのであろうか……。

勇次は立ち止まると、海へと目をやった。

水面《みなも》がはがち（西北の風）に煽《あお》られ、逆巻《さかま》くように荒々しく波立っている。

まるで、怒《いか》り立っているようではないか……。

勇次は荒波が音を立てて岩礁《がんしょう》に砕《くだ》けるのを見て、思わず身震いした。

人っ子一人いない砂浜、怒濤《どとう》を巻き上げる岩礁……。

見上げると空は暗雲《あんうん》に覆われ、勇次はその暗澹《あんたん》とした眺望《ちょうぼう》に、先行きへの不安が拭《ぬぐ》えなかった。

おとっつァんが生きていてくれたら……。

勇次は堪らなく父親《てておや》を恋しく思った。

「勇坊、大きくなったら、おとっつァんとべか舟で沖に出ような！　現在《いま》から、おめえに桁舟漁《けたぶねりょう》を教えるのが愉しみでよ……。桁網《けたあみ》は一人じゃ出来ねえんで現在《いま》は自前《じめえ》の海とんぼと組んでやってるが、時折、父子《おやこ》で網を引く海とんぼを見ると、羨《うらや》ましくてよ……」

晩酌《ばんしゃく》の際、亮造は胡座《あぐら》をかいた股《また》の間に勇次を坐《すわ》らせ、よくそんなふうに言っていた。

「桁舟漁って？」

「五尺（約一・五メートル）くれェの鉄のついたマングワの両側に網（桁網）を張ったものを海に沈め、舟を漕いで網を引くのよ。そうすると、桁につけた鉄の爪が海底を掻き進み、蟹《かに》や鰈《かれい》、鯒《こち》、蝦蛄《しゃこ》、赤貝《あかがい》といった魚介を掘り起こしながら捕ることが出来る……。面白《おもしれ》ェぞ！　勇坊、やってみてェだろ？」

「うん、やりてェ！」

勇次は目を輝かせて、父親《てておや》の話に耳を傾けたのである。

だから、勇次は自前の海とんぼに、村治たちが言ったような労苦《ろうく》があるとは思ってもみなかったのである。

勇次は荒れ狂う海に目を戻し、自問自答《じもんじとう》した。

それでも、おめえは海とんぼになりてェか？

ああ、なりてェ！

すぐには自前《じめえ》の舟が持てなくても、それでいいのか？

ああ、それでも構わない。けど、いつかは、きっと、自前《じめえ》の舟を持ってみせる！

なら、津元の下に就いてもいいんだな？

おとっつァんも村治のおっちゃんも、最初《はじめ》はそうしたんだもの、おいら、竜龍に入《へ》える！

この海みてェに、怒濤が逆巻く日もあれば、春の陽射《ひざ》しを受け、うらうらとした穏《おだ》やかな日もあるんだもの……。

「おや、誰かと思ったら、おまえは確かあすなろ園の……」

背後から声がかかり、ハッと勇次が振り返る。

幾千代《いくちよ》だった。

「なんだえ、一人なのかえ？」

勇次が照れ臭そうに、えへっと笑う。

「まさか、貞乃さんに無断で出て来たんじゃないだろうね？」

「ううん。貞乃先生も女将さんも知ってるよ」

「えっ、おりきさんも？　それで、一体どこに行こうと……。それとも、今、帰りなのかえ？」

「帰《けえ》りだよ。猟師町に行って来たんだ」

「猟師町に？　以前、おまえの裏店があったところかえ？」

「ううん。村治っていう海とんぼの家と杉作って男《ひと》の家を訪ねてきたんだ……」

「村治に杉作？　さあ、あちしは知らないね……」

「おいら、年が明けたら十五だろ？　それで、貞乃先生や女将さんがそろそろ先行きのことを考えろって……。おいら、おとっつァんみてェな海とんぼになりてェと言ったんだ！　そしたら、親分が竜龍を紹介してやるって……。けど、おいら、津元の下に就くのじゃなくて、自前《じめえ》の海とんぼになりてェと言ったんだ」

「自前の海とんぼって……。おまえねえ、それがどういうことなのか解ってるのかえ？　十五の子がいきなりなれるわけがない！　それこそ、津元の下に就き、粒々《りゅうりゅう》辛苦《しんく》しながらも叩き上げ、それでやっと自前の舟が持てるんだからね」

「うん、解ってる……。おいら、自前《じめえ》の海とんぼになる早道《はやみち》は村治さんみてェに自前《じめえ》の舟を持った海とんぼの弟子になることだと思ってたんだけど、村治さんにそんなもんじゃねえと説教されて……。それに、おとっつァんも端から自前《じめえ》の海とんぼだったわけじゃなく、永《なげ》ェことかかって、やっと自前《じめえ》の舟が持てたと知ったもんだから、やっぱ、親分に頭を下げて、竜龍に紹介してもらおうかと思って……」

幾千代が目を細める。

「偉い！　よく言った……。成程ね……。おりきさんは身を以てそのことに気づいてもらおうと、おまえを一人で猟師町に行かせたんだね……。頭ごなしに、そんなものじゃない、と言って聞かせるより、自分の目で現実を見させたほうがいいからね……」

「うん。おいらも一人で訪ねてみて良かったと思う……。誰かにつき添《そ》ってもらってたら、村治さんたちも遠慮して本当のことは言わなかったかもしれねえし、おいらだって、断られたことを他人《ひと》のせいにしたかもしれねえ……」

幾千代の胸に、熱いものが衝き上げてくる。

利かん坊の悪たれと思っていた勇次が、ここまで成長していたとは……。

可愛《かわい》い子には旅をさせよというが、おりきの思惑《おもわく》は見事に当たったようである。

「勇次といったっけ？」

「うん」

「勇次、あちしは感動したよ！　どんな世界も苦節《くせつ》何十年だからね。竜龍に行けば辛いこともあるだろうが、挫《くじ》けるんじゃないよ！　辛抱の棒が大事……。あちしは芸者だから若い娘《こ》によく言うんだが、雀《すずめ》百まで踊《おどり》忘れずといって、若いときに身につけたことは歳を取っても忘れない……。喩《たと》えが少しおかしかったかもしれないが、つまり、若い頃の苦労はあとになって役に立ち、必ずや、花開くってことでさ……。おりきさんも現在《いま》のおまえの言葉を聞いたら、さぞや悦ぶだろうさ！」

「うん」

「ところで、もう昼だけど、おまえ、中食がまだなんじゃないかえ？」

「うん。あすなろ園に戻ってから食おうと思って……」

「もう他の子供たちは食べてるだろうね……。そうだ、あちしが奢《おご》ってやるから、どこかで一緒に食べないかえ？」

勇次の顔がパッと輝く。

恐らく、あすなろ園に行ってからは、外食などしたことがないのであろう。

いや、もしかすると、猟師町にいた頃も、双親に連れて行ってもらってないのかも……。

「何を食べたいかえ？　遠慮しなくていいんだよ。寿司《すし》かえ？　それとも、鰻《うなぎ》？　なんでも好きなものを言ってみな！」

「おいら、蕎麦《そば》がいい！」

「蕎麦？　ああ、お安いご用だ。じゃ、行合橋の近くにある蕎麦屋に行こうか？」

「ううん。おいら、彦蕎麦に行きてェ！　いつも、彦蕎麦の水口《みずぐち》から板場を覗き込んでたんだけど、中に入《へえ》って食ったことがねえもんだから……。それで、いつも、おいねを羨ましく思ってたんだ！」

「彦蕎麦ねえ……。ああ、いいともさ！」

なんだえ、もっと美味《うま》いものを食べたいと言うのかと思ったら、蕎麦とはね……。

幾千代はそう思ったが、だが、そんなものなのかもしれない……、と思い直した。

あすなろ園では、恐らく子供たちに蕎麦を食べさせることはないのだろう。

と言うのも、あすなろ園では榛名が子供たちのために滋養のあるものをと、日々、献立《こんだて》を考えているからで、掛けや盛りはまず以て出さないだろう。

麺類《めんるい》として出すとしたら、鶏肉《とりにく》や野菜のたっぷり入った饂飩《うどん》か具沢山《ぐだくさん》の素麺《そうめん》……。

それ故《ゆえ》、江戸の通人《つうじん》が好むという盛りを、男らしくつつっと啜ってみたいという、勇次の心意気《こころいき》も解るというもの……。

「あい解った！　じゃ、彦蕎麦に行こうじゃないか。あちしもおりきさんの顔が見たかったので、丁度《ちょうど》良かったよ！」

幾千代はそう言うと、勇次と肩を並べ、行合橋を南本宿《みなみほんしゅく》のほうへと折れた。


「まあ、そうでしたの。それはお世話になってしまいましたね」

おりきが幾千代に茶を淹《い》れながら言う。

「世話ったたって、蕎麦を食べさせただけじゃないか……。ふふっ、でも、可愛いじゃないか！　好きなものをなんでも食べさせてやると言ったら、彦蕎麦がいいと言うなんてさ……。なんでも、これまで彦蕎麦の水口の中を覗いては、食べたいと思ってたんだってさ。そこが、子供なんだよね……。すぐ近くにいるというのに、食べられないことほどもどかしいものはないからさ！」

おりきが苦笑《くしょう》する。

「そんなものなのでしょうね……。榛名さんは育ち盛りの子供たちのことを考えて、極力、滋養のあるものを食べさせようと思っているのでしょうが、子供たちにしてみれば、他人《ひと》の食べるものが羨ましくて堪らない……。では、榛名さんに明日の中食は蕎麦にするようにと言っておきましょう。天麩羅《てんぷら》でもつければよいのですものね……。それで、勇次の話に戻りますが、そうですか……、勇次が村治さんたちの話を聞いて、自前の海とんぼになるには、まず、津元の下に就かないとならないことを納得したと……」

「ああ、そう言ってたよ。あの子ね、女将さんや貞乃先生に一人で訪ねてこいと言われたが、自分もそのほうが良かったと思ってる、誰か大人につき添ってもらってたら、村治さんたちも遠慮して本当のことを言わなかったかもしれないし、自分も断られたことを他人《ひと》のせいにしたかもしれない……、とそう言ってね……。あちしさァ、おりきさんの狙《ねら》いはそこにあったのじゃないかと思ってさ！　ねっ、そうだろう？」

幾千代が目まじしてみせる。

「ええ……。けれども、一人で猟師町を訪ねると言いだしたのは、勇次のほうなのですよ。親分は子供を一人で行かせることに難色《なんしょく》を示されたのですが、わたくしね、言いましたの……。勇次が一人でやってみるというのであれば、やらせてみましょう、自分で頭を下げて廻ってみて初めて、勇次にも現実の世がどんなものなのか解ると……。わたくしね、勇次が自ら何かをしようという気になったことを買ってやりたいと思いましてね。現実にぶつかり、仮に挫折するようなことがあっても、それでよいと思っています。もう一度、立ち上がればよいのですもの……。何度でも、やり直せばよい……。めげずに前に向かって進んでくれれば、それでよいと思っていますの」

「そうかえ……。結句、おりきさんの目論見《もくろみ》は当たったってこと！　あの子、いい顔をしていてね……。はがちに荒れ狂う怒濤をきっと睨めつけている姿が、まるで、強い意思に充ち満ちているようでさ……。あんな勇次の姿を見たのは初めてだったよ。やっぱ、あの子、おとっつァんの血を引いて、海の男だったんだね！」

「そうですか……」

おりきの目にも、勇次の凜《りん》とした姿が見えるようであった。

冬濤《ふゆなみ》に負けじと、寒風の中に佇む勇次……。

勇次は冬濤に向けて、男の誓いを立てていたのかもしれない。

おりきはふっと目許を弛めた。

夕顔忌

魚河岸《うおがし》から戻って来た巳之吉《みのきち》は、追廻《おいまわし》たちに鮮魚箱《せんぎょばこ》を手渡すと、朝餉膳《あさげぜん》の仕度《したく》をする福治《ふくじ》に声をかけた。

「福治、あとでちょいと話があるんで、朝餉膳の片がついたら、俺と一緒に帳場に来てくんな！」

「へい」

福治が鱚《きす》の風干《かざぼ》しを焼きながら声を返すと、煮方《にかた》の連次《れんじ》が訝《いぶか》しそうな顔をして、板《いた》脇《わき》の市造《いちぞう》をちらと窺《うかが》った。

「福治の奴、何かしでかしたんで？」

「いや、そりゃねえだろう……」

市造も首を傾《かし》げる。

福治が板頭《いたがしら》につき添《そ》われて帳場に顔を出すということは、何かやりくじって説教されるか、それとも私的《してき》な話……。

連次と市造にそんな想《おも》いがあったとしても、不思議はなかった。

と言うのも、福治は一昨年《おととし》亡くなった茶屋の女中頭的存在のおよねの息子……。

　理由《わけ》あって、長年離れ離れに暮らしていたが、およね危篤《きとく》の知らせを聞いて、最後にひと目……、と駆けつけて来たところ、およねは既《すで》に亡くなった後で、終《つい》しか、母子《おやこ》の再会は叶《かな》わなかったのである。

　が、それが契機《きっかけ》となり、これまで流しの板前として各地を転々としてきた福治に、巳之吉の下に就《つ》いて修業しないか、とおりきが話を持ちかけた。

　福治はさすがに腕の良い板前矢吉《やきち》の息子だけあって、技量《ぎりょう》を見る目の確かな巳之吉の眼鏡《めがね》に適《かな》い、七夕《たなばた》明けから立場茶屋《たてばぢゃや》おりきにやって来ることに……。

　おりきはそのときのことを、亀蔵《かめぞう》親分にこう話した。

「最初《はじめ》は追廻からってことになるでしょうが、巳之吉の話では、筋がよいのですぐに焼方《やきかた》に上がれるだろうと……。ここにいれば、福治はおよねと一緒にいるようなものですものね。姿は見えずとも、およねはいつもわたくしたちと共にいる……。わたくしね、およねが息子の行く末を案じ、それでここに呼び寄せたような気がしてなりませんの。そう思うと、気の引き締《し》まるような思いがします。だって、女将《おかみ》さん、福治のことを頼みましたよって、およねに託《たく》されたようなものですもの……」

　亀蔵は指先で目尻を拭《ぬぐ》うと、それで、福治はいつから立場茶屋おりきにやって来るのか、と訊《たず》ねた。

「一度深川《ふかがわ》に戻って身辺整理を済ませ、七夕明けにやって来るそうです。そうそう、深川の本誓寺《ほんせいじ》に眠る矢吉さんの墓を妙国寺《みようこくじ》に移せないものかどうか住持《じゆうじ》に相談してみると言っていましたわ」

おりきがそう言うと、亀蔵は驚いたといった顔をした。

「およねと矢吉を一緒にしてやろうというんだな？　生きているときには離れ離れだった双親《ふたおや》だが、草葉《くさば》の陰で仲良く過ごせってことか……。糞《くそ》ォ……、福治の奴、心憎《こころにく》いことを……」

亀蔵の芥子《けし》粒《つぶ》のような目に涙が溢《あふ》れ、堪《こら》えきれなくなったのか、腰から手拭《てぬぐい》を引き抜くと顔を覆《おお》った。

およねには、矢吉の母親と反《そ》りが合わず福治が三歳のときに家を飛び出してしまった、という経緯《けいい》がある。

が、姑《しゆうとめ》が亡くなり矢吉がおよねを迎えに来たときには、およねには既に助次《すけじ》という研師《とぎし》の男がいて、はたまた、助次の死後、囲《かこ》われ者だったおよねが本妻に身すがら叩《たた》き出されて矢吉を頼ったときには、矢吉から今さら母親面《ははおやづら》をされてなるものかと突っぱねられたのであるから、どこかで二人の運命の歯車《はぐるま》が食い違ってしまったのである。

だが、心の底では、常におよねは矢吉や福治に手を合わせていただろうし、矢吉もまた、生涯、およねを愛《いと》しい女房と思っていたのであろう。

それが証拠に、終しか矢吉は後添《のちぞ》いを貰《もら》おうとはせず、自分の死後、およねに柳刃《やなぎば》を届けてくれと福治に言い残したではないか……。

本木《もとき》に勝《まさ》る末木《うらき》なし……。

矢吉は福治に柳刃を託すことで、おまえを許した、おまえは俺の生涯の女房……、とおよねに伝えたかったに違いない。

福治はおりきからその話を聞き、およねの位牌《いはい》に手を合わせた。

「女将さん、あの女《ひと》、幸せだったのだろうか……」

「幸せでしたとも！　過去の苦《にが》い思い出は別として、少なくとも、ここに来てからのおよねは幸せだったと思います。およねはいつも、茶立女《ちゃたておんな》は自分の天職、お客さまの悦《よろこ》んだ顔を見るのが何より嬉《うれ》しい、と言っていましたからね。それで、およねは最後の最後まで遽《あわただ》しさの中に身を置き、お客さまの笑顔を胸に焼きつけて、果てていくことを望んだのでしょう。およねの死に顔は穏《おだ》やかで、いかにも満足げでしたよ……」

「あっしのことは、何か……」

おりきは首を振った。

「死ぬ間際《まぎわ》にというのであれば、何も言いませんでした。と言うか、何もかもが突然のことで、本人にも、死への覚悟が出来ていなかったでしょうからね。けれども、おまえさまのことは常におよねの心の中にありましたよ。実はね、四年前のことですが、福治さんが茶立女に柳刃を託し、何も告げずに姿を消してしまったとき、およねは柳刃をひと目見て息子が父親《てておや》の形見《かたみ》を持ってきたのだと察し、おまえさまの後を追いかけたのですよ。結句、見つけることが出来ずに戻ってきたのですが、そのとき初めて、およねがわたくしたちにここに来るまでのことを打ち明けましてね。おまえさまはおよねが他に好いた男《ひと》が出来たから自分たちを捨てたと言いましたね？　それは誰から聞いたのですか？　お父さまですか？」

福治は首を振った。

「おとっつァんは何も言わねえ……。けど、おとっつァんが何も言わねえ代わりに、祖母《ばあ》さんが念仏でも唱《とな》えるかのように、毎日、あっしにあの女《ひと》の悪口を言って聞かせてやしたからね……。おまえのおっかさんは酷《ひど》い女《おな》ごだ、あんな性悪女《しょうわるおんな》に引っかかったばかりに、おまえのおとっつァんは深川松井町《まついちょう》の小料理屋の婿《むこ》になる話が破談《はだん》になり、しかも、奉公人同士のびり出入りを禁じた梅本《うめもと》の逆鱗《げきりん》に触《ふ》れ、以来、どこも正式に雇《やと》ってくれずに流しの板前に甘んじなければならなくなったのだ、それなのに、そんな想いをしてまで連れ添ってやった恩を忘れ、あのあばずれ女は亭主や子を捨て、他の男の許《もと》に走ったのだ……、と、それはもう、耳に胼胝《たこ》が出来るほど、毎日、毎日……」

ああ、やはり、福治は誤解をしているのだ……。

おりきは許婚《いいなずけ》がいるのを隠しておよねに近づいたのは矢吉のほうで、気づいたときには、既に、およねのお腹《なか》に福治がいたのだと話して聞かせた。

そうして、親子三人は倹《つま》しいながらも幸せに暮らしていたが、その幸せを毀《こわ》したのが姑の嫁いびりで、板挟《いたばさ》みになった矢吉が酒を飲んでおよねに当たるようになり、それに耐《た》えられなくなったおよねが裏店《うらだな》を飛び出すことに……。

おりきはそう話して聞かせると、更《さら》に続けた。

「おまえさまを連れて出る手もあったでしょう。けれども、頑是《がんぜ》ない子を抱《かか》えていたのでは、立行《たちいき》していくのもままならない。それより、父親《てておや》の許に残していくほうが食うに事欠《ことか》かない……。それに、自分さえいなくなれば、姑にはおまえさまは血を分けた孫なのだから可愛《かわい》がってくれるのではなかろうか……。およねはね、そう苦渋《くじゅう》の決断をしたのですよ。腹を痛めた子が可愛くない親があろうはずもありません。それからというもの、毎日、およねは福治はどうしているだろうか、病に臥しているのではなかろうかと案じていたといいますからね。他に好きな男《ひと》が出来たというのも、女ご一人で身過ぎ世過ぎしていると、支えになってくれる男《ひと》が欲《ほ》しくもなるし、つい頼りたくもなってしまいます。およねを責めてはなりません。気丈《きじょう》に見えても、およねも女ご……。わたくしにもその気持が痛いほどに解《わか》りますからね」

おりきは諄々《じゅんじゅん》と本当のことを話して聞かせた。

福治は元々打てば響《ひび》くような男である。

ようやく、諸悪《しょあく》の根源《こんげん》が祖母にあったと知ると、悔《くや》しそうに掌《てのひら》を握り締めた。

「糞《くそ》ォ！　祖母《ばあ》さんがそんなことを……。あっしはそんなこととは露《つゆ》知らず、それであの女《ひと》が許せなかったというのに……」

おりきは福治に険《けわ》しい目を向けた。

「福治さん、これまで黙って聞いていましたが、おまえさま、何故《なぜ》、およねのことをおっかさんと呼ばないのですか？　あの女《ひと》はないでしょうが！　いくら気に染《そ》まないことがあったからといっても、およねはおまえさまがこの世でたった一人おっかさんと呼べる女《ひと》……。わたくしはおまえさまがおよねのことをあの女《ひと》と呼ぶ度《たび》に、身の毛が弥立《よだ》つ想いになりました」

おりきがそう声を荒らげると、達吉も相槌《あいづち》を打った。

「よくぞ言って下さった！　実は、あっしもぎりぎりしてやしてね。あの女《ひと》はまだしも、あの女ごときた日にゃ、こいつの頭をぶん殴《なぐ》ってやろうかと思いやしたからね」

すると、福治は畳《たたみ》に両手をつき、ワッと声を上げて泣き出した。

「あっしだって、どれだけ、おっかさんと呼びたかったか……。済まねえ、おっかさん……。心の中じゃ、いっつも、おっかさん、おっかさん、と呼びかけてたんだ……。けど、口に出して言おうとすると、喉元《のどもと》で声が引っかかっちまって……。おっかさん、ああ、おっかさん……。こうして声に出して呼んでも、おっかさんはもう手の届かねえところに行っちまったんだ……。あっしが意地を張らずに、あのとき声をかけてたら……。そう思うと、悔しくて堪《たま》らねえ……」

その後、おりきは福治を連れて、妙国寺に眠るおよねの墓に詣《まい》ることにした。

女将さん、福治のことを宜《よろ》しく頼みますよ……。

何故かしら、おりきにはおよねが手を合わせているように思えてならなかった。

福治が立場茶屋おりきの板場に入って、一年半……。

福治が追廻をしたのは僅《わず》か一月《ひとつき》ほどで、十五夜の月見膳《つきみぜん》を終えるとすぐに焼方に上がり、去年の五月、突如、彦蕎麦《ひこそば》で揚方《あげかた》の与之助《よのすけ》が姿を消してからは人手不足となり、福治が助《すけ》っ人《と》として彦蕎麦に廻《まわ》ることになったのである。
無論《むろん》、与之助が戻って来ることを前提とした苦肉《くにく》の策であり、その間の繋《つな》ぎとして
と思っていたのであるが、二月前《ふたつき》、与之助が仏門に入り二度と彦蕎麦に戻って来ない
ことが判明した。
そうなると、話は別である。
これまでは助っ人という意味でそれでもよかったが、この先ずっととなると、福治
も揚方だけでは物足りなく思うであろう。
何より、福治をこのまま彦蕎麦に埋《うず》めさせたのでは、およねに済まない。
おりきはおきわに、急いで口入屋《くちいれや》に揚方を探させるように、と伝えた。
そうして、一月《ひとつき》ほど前にやっと、福治が旅籠《はたご》の板場に戻って来てくれたのである。
福治が旅籠に戻ってきたことで、誰よりも悦んだのは巳之吉であろうか……。
と言うのも、達吉《たつきち》との何気ない会話の中に、時折、福治の名が巳之吉の口をついて
出ることがあり、達吉は達吉で、早速《さっそく》、おりきにご注進《ちゅうしん》……。
「女将さん、巳之《みの》さんは随分《ずいぶん》と福治のことを買っているようでやすぜ……」
「どうして、そう思うのですか？」
「どうしてと言われても……、ただ、なんとなく……」

と、こんな具合なので、連次や市造が鬼胎《きたい》を抱くようなことは、まず以《もっ》てないはず……。

では、また福治をどこかの助っ人に……。

どうやら、板場衆《いたばし》の脳裡《のうり》に、そんな想いがさっと過《よ》ぎったようである。

が、肝心《かんじん》の巳之吉はと見ると、そんな皆の想いなど意に介《かい》さずとばかりに、仕入れてきたばかりの魚の品定《しなさだ》めをしているではないか……。

板場衆はハッと我に返り、各々《おのおの》の仕事に戻った。

「女将さん、巳之吉でやす。宜しいでしょうか?」

板場側の障子《しょうじ》の外から声がかかり、おりきと達吉は顔を見合わせた。

夕餉膳《ゆうげぜん》の打ち合わせにしては、些《いささ》か早いように思えたのである。

現在《いま》は、まだ五ツ（午前八時）……。

常ならば、現在《いま》は客の朝餉が終わったばかりで、これから旅籠衆《はたごし》が朝餉を摂《と》り、その後、巳之吉が二階家の自室に戻って夕餉膳の献立《こんだて》を考え、絵付きお品書《しながき》を描《か》くという段取《だんど》りになっていて、巳之吉がおりきたちに夕餉膳の説明をするのは午後になってから……。

「構いませんよ。お入りなさい」

おりきがそう言うと、障子がするりと開いた。

なんと、巳之吉だけかと思ったら、福治も一緒ではないか……。

「実は、田端屋《たばたや》の初釜《はつがま》のことで、相談が……」

「ああ、六日の……。さあ、そんなところに突っ立っていないで、中にお入りなさい」

おりきが二人を促《うなが》す。

「六日といえば、あと二日だ……。潤三《じゅんぞう》が安請《やすう》け合いをしちまったが、急な話で本当に大丈夫《でえじょうぶ》か？」

達吉が気遣《きづか》わしそうに巳之吉を見る。

「へっ、そいつは大丈夫《でえじょうぶ》でやす。昨日、御殿山下《ごてんやました》まで下見《したみ》に行って来やしたんで……」

巳之吉が長火鉢《ながひばち》の傍《そば》まで躙《にじ》り寄り、福治にも傍に寄るようにと目まじする。

福治が気を兼ねたように寄って来る。

「それで、どうだった？　田端屋の寮ってのは……」

達吉が興味津々《きょうみしんしん》といった顔で、身を乗り出す。

「へっ、思っていたより、侘《わ》びた雰囲気で……。かなり長《なげ》ェこと使っていなかったみてェでやすが、放置していたから侘びて見えたというのではなく、元々、侘び寂《さび》の利《き》いた枯淡《こたん》な趣《おもむ》きに造《つく》られた茶室のようで……。と言うのも、お道具の一つ一つが味わい深《ぶけ》ェものばかりで、無造作《むぞうさ》に見えて幽玄《ゆうげん》を感じさせる茶庭《ちゃにわ》の佇《たたず》まいの中にも、ご亭主の風韻《ふういん》を垣間《かいま》見たように思いやした……」

「では、巳之吉は田端屋の旦那さまに逢《あ》ったのですね？」

「ええ。と言っても、現在《いま》は息子に見世《みせ》を譲《ゆず》っていなさるんで、ご隠居さまでやすが……」

そこに、潤三が帳場に入って来た。

「おっ、丁度《ちょうど》良かったぜ！　現在《いま》はおめえが旅籠の番頭なんだから、と言うより、おめえがこの話を持って来たんだから、おめえが聞いてねえでどうするかよ……」

達吉が手招きすると、潤三が慌てて傍に寄って来る。

「田端屋の初釜の件でやすね？　あっしも気になってやしたんで……。それで、どうでした？」

潤三が巳之吉に目を据《す》える。

「たった今、女将さんたちに話してたんだが、そりゃもう、風雅《ふうが》な寮でよ……。なんでも、ご隠居の話では千利休《せんのりきゅう》の待庵《たいあん》を真似《まね》て造ったのだとか……。一畳の次の間に二畳の茶室と狭《せめ》ェもんだから、客は正客《しょうきゃく》を含めて三名だけなんだが、茶懐石《ちゃかいせき》だけは本格的なものにしてェと……」

巳之吉がそう言うと、潤三が納得したように頷《うなず》く。

「あのご隠居なら、そう言われると思ってやした……。何しろ、茶事《ちゃじ》を開くのは十年ぶりとかで、それで、安心して懐石を委《まか》せられる料理人はいねえかと相談されたもんで、あっしは迷うことなく、板頭の名前《なめえ》を出させてもらいやしたんで……」

「ところで、潤三、おまえは何ゆえ田端屋のご隠居さまと親しいのですか？」

おりきが改まったように潤三に訊ねる。

「いえ、今さら訊ねるのはおかしいと解っています……。と言うのも、此度《こたび》はおまえが番頭になって初めて請《う》けてきた仕事と思い、潤三を信じる意味で敢《あ》えて深いところまで質《ただ》そうとしなかったのですよ。けれども、やはり気にかかりますのでね……」

「あっ、これは失礼しやした……。あっしは横新町《よこしんまち》の蠟燭問屋《ろうそくどんや》田端屋といえば、仔細《しさい》を話すまでもなく女将さんも大店《おおだな》ということが解っておられると思っていたもんで……。けど、言われてみると、立場茶屋おりきから見れば、田端屋は一見客《いちげんきゃく》だったのでやすよね？　へっ、説明しやしょう……。現在《いま》の当主は幹彦《みきひこ》という男《ひと》で、二代目となりやす。此度、茶事を開こうというのが二代目に当たるご隠居で、慶吾《けいご》という男《ひと》です。あっしはご隠居とは堺屋《さかいや》に入《へえ》ったばかりの頃に知り合いやして……。と言っても、ご隠居が堺屋の客というわけではなく、書出《かきだし》（請求書）を持って芝田《しばた》町七丁目まで出掛けたところ、成覚寺《じょうかくじ》の門前で体調を崩《くず》し蹲《うずくま》っていたご隠居に行き当たりやしてね……。それで、あっしは慌てて近場の本道《ほんどう》（内科）の医師の許にお連れし、それから、四ツ手（駕籠《かご》）に乗せて御殿山下の寮までお送りしたってわけでやして……。あっしまで寮について行くことはなかったんだが、ご隠居がどうしてもついて来いと言われるもんで……。けど、そのため、二刻半《ふたときはん》（五時間）も仕事に穴を開けることになり、堺屋の大番頭からこっぴどく叱《しか》られてしめェやした……。それでそのことが縁で、ご隠居が月に一度堺屋を訪ねて見えるようになりやしてね。まっ、訪ねて来るといっても、酒を飲むわけでも飯を食うわけでもなく、いつも、団子《だんご》とか汁粉《しるこ》で茶を飲み……、そうそう、一等最初はお薄《うす》を所望《しょもう》されやしてね。茶立女がそんな上品なものは置いていないと断ると、とほんとした顔をされてやしたっけ……」

潤三は思い出し笑いをしたが、ふと真面目《まじめ》な面差《おもざ》しに……。

「だったら何故、月に一度堺屋に脚《あし》を向けたのかとお思いでやしょう? あっしも不思議に思い、訊ねてみたんでやすよ。するてェと、この見世が気に入ったからでも茶が美味《うま》いから来るのでもない、あたしはおまえさんの顔が見たくて訪ねて来てるんだよって……。あっしは言いやしたよ。」天骨《てんこち》もねえ、あっしなんぞ見てもらうほどの値打ちはありやせんので……と。そうしたら、顔がどうこうというのじゃない、そうではなくて、おまえさんがきびきびと立ち働く、その姿を見るのが愉《たの》しいのだよ、と言われやしてね……。けど、三月《みつき》ほどした頃でしょうかね。ご隠居が帰り際《けえ》にすっと傍に寄って来て、何故こんな見世で働くのか、おまえさんにはもっと相応《ふさわ》しい見世があるだろうに、すぐさま暇を貰うように、と言われやしてね……。そんなことを言われても、堺屋を辞《や》めてもあっしには行くところがねえと答えると、ならば、田端屋に来ないか、おまえさんならすぐに手代から番頭に上がれるだろう、とそう言われやしたんで……。けど、あっしはやんわりと断りやした。あっしは客商売《きやくしようべえ》が好きでやすからね。そりゃ、蠟燭屋も客商売《きやくしようべえ》といえば客商売《きやくしようべえ》……。けど、どこか違うんでやすよ。ご隠居もそのことをよく解って下さり、その後も、月に一度訪ねて来て下さってやしたが、あるときから、ふっつり姿を見せなくなって……。それで、あれはやっぴし、ご隠居の酔狂《すいきよう》に過ぎなかったのだなと思っていたところ、去年の暮れ、下高輪台《しもたかなわだい》のおまきさんちを訪ねての帰《けえ》りに、北本宿《きたほんしゆく》でばったり再会しやしてね。ほら、女将さんからおまきさんちに歳暮《せいぼ》を届けてくれと言われたときのことでやすよ……」

ああ……、とおりきが頷く。

正月用にと、熨斗鮑《のしあわび》や昆布《こんぶ》、鰑《するめ》、それに四人の子どもたちのために下駄《げた》を届けさせたのである。

「あっしが立場茶屋おりきに移ってくる前《めえ》に逢ったきりなんで、ご隠居とは五年ぶりでやしたかね……。あの頃、半白《はんぱく》だった髪の毛が真っ白になり、向こうから声をかけられねえと気がつかなかったかもしれやせん……。けど、ご隠居のほうではあっしのことを憶《おぼ》えていて下さり、あれから後、堺屋を訪ねてみたのだが、現在《いま》では佃煮屋となっていて見世の中におまえさんの姿がなかったが、一体どうしていたのかと訊《き》かれやしてね……。あっしが堺屋は旦那が亡くなり店仕舞《みせじま》いしたのだというと、驚いておられやした。それで現在《いま》はどうしているのかと訊かれたもので、立場茶屋おりきの旅籠で番頭見習をしているのだと言うと、大層悦んで下さいやして……。それで、立ち話ともいかねえので茶店に入《へえ》ってあれこれと話をすることに……」

「番頭見習って……。おめえ、年が明けたら、番頭に昇格《しょうかく》するってことを伝えたんだろうな？」

達吉が割って入る。

「ええ、伝えやした。ご隠居は満足そうに頷いて下さり、そうだろう？　あたしはおまえさんは必ずや立身《りっしん》する男と見込んでたと……。そう、こうも言っておられやした。堺屋にいたときには、何ゆえ、こんな見世におまえさんを埋めさせなければならないのかと業腹《ごうはら》だったが、立場茶屋おりきに移ったと聞いて安堵《あんど》した、自分は一度も行ったことがないが、この界隈《かいわい》では一頭地《いっとうち》を抜いた料理旅籠の番頭見習、いや、年が明けたら番頭とは、これほど目出度《めでた》いことはない、聞くところによると、あそこは一見の客は取らないそうだが、本当のことかと……。それで本当のことだと言いやすと、暫《しばら》く考えておられやしたが、紹介者があれば迎え入れてもらえるというのであれば、真《さな》田屋《だや》に紹介してもらえなくもないのだが、では、こうしようではないか……、年明け早々、初釜を開くので、天下一と呼び声の高い板頭に、おまえさんから懐石を頼んでもらうわけにはいかないものだろうか、と言われたのでやすよ……。それで、あっしは取り敢えず見世に戻って、女将さんや大番頭さんに訊いてみやすんで……、と答えたってわけで……」

「まあ、なんでしょうね、田端屋さまは……。真田屋さまと懇意《こんい》になさっているのなら、早くそう言って下さればよいものを……。とは言え、わたくしは潤三が推挙《すいきょ》する男《ひと》ならばと、一も二もなく受け入れることにしたので、同じことなのですが……」

おりきが微《び》苦笑《くしょう》する。

「恐らく、ご隠居には潤三の昇格祝いの気持があったのだと思いやすぜ……。番頭になって初めて、てめえが請けた仕事ってことになれば、潤三も鼻が高《たけ》ェだろうと思って……。言ってみれば、親心とでもいうか、つまり、それだけ、潤三がご隠居に気に入られていたってことだ」

達吉がちょっくら返したように、このっ、このっ、と潤三の脇腹を小突いてみせる。

「では、田端屋に関しては、これですっきりしたというわけで……。それで、懐石のお品書を書いてみたんでやすが、その前《めえ》に、女将さんたちにお願《ねげ》ェがありやして……」

巳之吉がおりきへ、続いて達吉、潤三へと目を向ける。

お願いとは……。

全員が、巳之吉が何を言い出すのかと息を凝《こ》らした。

「此度は本格的な茶懐石ということで、以前、真田屋の寮でやらせていただいたように、下拵《したごしら》えの出来るものはこちらでして、仕上げはすべて寮にて行いたいと思いやすが……。それで、当日、福治と追廻を二人ほど連れて行きてェと思ってやすが、宜しいでしょうか?」

おりきが達吉と顔を見合わせる。

これまで、巳之吉は出張料理に連次を連れて行っていたのである。

巳之吉が福治の料理の才を買っていることは知っていたが、煮方の連次を差し置いて焼方を連れて行くとあっては、連次がよい顔をしないのは目に見えていた。

「巳之吉がそうしたいというのであれば、それでよいでしょう」

「けど、女将さん、それじゃ連次が……。あいつ、巳之さんの出張料理の供が出来るのは自分しかいねえと自負《じふ》してやすからね」

達吉が挙措《きよそ》を失う。

「ええ、連次のことは解ってやす……。けど、そのことはあっしがあいつに解るように言って聞かせやすんで……。ただ、あっしは女将さんたちに了承《りようしよう》しておいてもらいたかっただけで……」

「解りました……。巳之吉、おまえが福治にさまざまな場を踏ませたいと思う気持はよく解ります。人はそうして成長していくものですからね。連次はこれまで巳之吉のお陰で場数を踏んできたのですもの、そろそろ後輩に道を譲ってもよい頃です……。福治、良かったですこと! 板頭から吸収できるものは貪欲《どんよく》に吸収してくるのですよ」

おりきが福治を瞠《みつ》めると、福治は狼狽《うろた》え目を泳がせた。

「あっしはそんな……。何も聞かされてなかったもんで、どうしたらいいんだか……」

「どうするもこうするもねえや！　いいかァ、これは千載一遇《せんざいいちぐう》の機宜《きぎ》といってもいいんだ。女将さんがおっしゃったように、吸い取れるものなら、なんでも吸い取ってくるんだな……。連次に気を兼ねることはねえんだぜ。堂々と、胸を張ってやって来るんだな！」

達吉が気合を入れる。

「へい……」

福治が心許《こころもと》ない声を出す。

「では、これより、当日のお品書を説明しやすんで……」

巳之吉はそう言うと、畳の上に絵付きのお品書を広げてみせた。

「まず向付《むこうづけ》でやすが、黒漆《くろうるし》の折敷《おしき》の手前にご飯《はん》と汁、その向こうが向付となり、鯛《たい》の昆布締《こぶじ》めに防風《ぼうふう》、山葵《わさび》……。汁は海老芋《えびいも》と小豆《あずき》の白味噌仕立《しろみそじた》てと考えてやす。そして次が一献目《いっこんめ》の酒となり、飯器汁替《はんきしるが》えの後、煮物椀《にものわん》となりやすが、この日は蟹真蒸《かにしんじょう》薄《うす》葛仕立《くずじた》てで、仕上げに露生姜《つゆしょうが》を一滴《いってき》……。続いて焼物《やきもの》となりやすが、これは鰆幽庵焼《さわらゆうあんやき》……。そして預鉢《あずけばち》が赤貝《あかがい》、独活《うど》、山芋《やまいも》、水前寺海苔《すいぜんじのり》、三つ葉の酢物《すのもの》……。進肴《しいざかな》が鱲子《からすみ》と百合根《ゆりね》の盛り合わせで、八寸《はっすん》が数の子と慈姑《くわい》……。最後が香《こう》の物となり、沢庵《たくあん》、赤《あか》蕪《かぶ》、牛蒡《ごぼう》の味噌漬《みそづけ》と思ってやす……。あっしがいつも作る会席膳《かいせきぜん》に比べると、随分と地味《じみ》に見えやすが、此度は飽《あ》くまでも茶懐石ということで、これで徹《とお》すことにしやした。如何《いかが》でしょうか？」

巳之吉が反応を窺うかのように、おりきに目を据える。

「懐石とは濃茶《こいちゃ》を美味《おい》しく召し上がっていただくための、ほんの少しの食事……。そして、濃茶の口直しとして薄茶《うすちゃ》を愉しむというのが本来の考えですからね……。ですから、懐石は飽くまでも腹八分目にして主菓子《おもがし》と濃茶、干菓子《ひがし》と薄茶を引き立ててやらなければなりません……。その意味からいっても、これは良く出来た献立だと思いますよ」

おりきが目許《めもと》を弛《ゆる》め、巳之吉に頷いてみせる。

「そう言っていただき安堵しやした……。以前、真田屋の閑古庵《かんこあん》で茶懐石をやらせていただいたときには、懐石の基本を踏まえたうえで自由な発想の下《もと》に作ってもよいと言われたもので、あっしも些《いさ》か勇み足になっちまって、あとに忸怩《じくじ》としたものが残ったことを憶えてやす……。そこで、此度は懐石の基本に忠実に、くれぐれも凝りすぎねえように、旬《しゅん》の素材を大切《てえせつ》に調理し、一期《いちご》一会《いちえ》の気持でお出ししてェと思っていやす」

「そうですか……。巳之吉、また一歩、前進しましたね。それで器《うつわ》なのですが、什器《じゅうき》のことはどう考えているのですか？」

「へっ、ご隠居が現役《げんえき》の頃には有無庵《うむあん》で、あっ、田端屋の茶室を有無庵というのでやすがね……」

「うむ庵？　一体《いってえ》、どんな字を書くんでェ」

達吉が目をまじくじさせる。

「有《あ》るや無《な》しやという意味だそうで……。いかにも風趣《ふうしゅ》を好むご隠居らしい命名《めいめい》ではありやせんか！　で、その有無庵なんでやすが、十年ほど前《めえ》までは度々《たびたび》茶事が開かれていたようで、折敷や椀物《わんもの》、盃台《はいだい》一式、燗鍋《かんなべ》、湯斗《ゆとう》、飯器、八寸とすべて揃《そろ》ってやしてね……。器も染付《そめつけ》や織部《おりべ》、青磁《せいじ》、鼠志野《ねずみしの》、硝子《がらす》鉢《ばち》にいたるまで取り揃えてあって、あっしなど思わず唸《うな》ってしめえやした……。思うに、田端屋慶吾という男《ひと》は相当な通人《つうし》だと……」

「けどよォ、俺《おり》ャ、もうひとつ解《げ》せねえんだが、そんな通人が何ゆえ十年も茶会を開かなかった？　しかも、これまで真田屋の口の端《は》にも田端屋の名が挙《あ》がらなかったんだぜ？　妙だと思わねえか？」

達吉が喉《のど》に小骨でも刺さったかのような言い方をする。

「大番頭さん！　田端屋さまには何か事情がおありになったのでしょう。よいではないですか……。潤三のお陰でわたくしたちは田端屋さまに引き合わされたのですもの、これぞ一期一会……。ですから、依頼を請けたからには、当日、お客さまに悦んでいただけるように努《つと》めようではないですか……」

おりきが皆を見廻《みまわ》す。

「へい。じゃ、これでやらせていただきやす。では、夕餉膳の打ち合わせは改めて午後からってことで……」

巳之吉が頭を下げ、福治に目まじすると帳場を出て行く。

福治は気を兼ねたように会釈《えしやく》すると、巳之吉の後を追った。

「驚きやしたぜ……。巳之さんが福治に肩入《かたい》れしていることは知ってやしたが、まさか、連次を差し置いて福治に懐石を手伝わせるとはよ……。連次が旋毛《つむじ》を曲《ま》げなきゃいいんだが……」

達吉が眉根《まゆね》を寄せる。

おりきにも、達吉の危惧《きぐ》が手に取るように解った。

長いこと焼方を務《つと》めていた連次が煮方に上がったのが六年半前のことである。

それだけでも連次は鼻高々だったのであるが、二年半ほど前に板脇の市造に味覚の異常が出てからというもの、立場は市造が板脇に変わりないのだが、実質上、連次が煮方長といってもよいだろう。

と言うのも、巳之吉は朝餉膳には口を挟《はさ》まないことにしていて、市造に何もかもを委せていたのである。

ところが、市造に味覚障害が出てからは、連次が市造の味つけしたお菜《さい》の悉《ことごと》くを味見して廻り、それだけでも厭味《いやみ》に取られても仕方がないというのに、ぶつぶつと繰言《くりごと》を呟《つぶや》きながら自《みずか》ら作り直してみることも度々……。

が、連次にそんなことをされても、市造には向腹《むかばら》を立てることが出来なかった。

何しろ、病を得てからというもの、何を食べても味が薄いと感じ、ついつい濃いめの味つけをしてしまうのであるから……。

内藤素庵《ないとうそあん》の診立《みた》てでは、尿崩症《にょうほうしょう》というものらしい。

「味覚障害には、味覚減退《げんたい》、異味症《いみしょう》、悪味症《あくみしょう》とあるが、市造の場合は味覚減退であろう。それで原因なのだが、どうやら心因性《しんいんせい》ではなさそうなので、尿崩症とみるべきだろう」

「尿崩症……。尿崩症といいますと？」

「血中の亜鉛《あえん》が不足し、尿中に糖《とう》が排出されるのだ」

「亜鉛が不足……。では、どうしたらよいのでしょう」

おりきは不安の色も露《あら》わに、素庵を瞠めた。

「まあま、そう深刻な顔をせずともよい。今日のところは白虎加人参湯《びゃっこかにんじんとう》を処方しておくが、亜鉛を多く含む牡蠣《かき》、小麦胚芽《こむぎはいが》、麬《ふすま》、全粒粉《ぜんりゅうふん》、蕪の葉、卵、椎茸《しいたけ》、胡麻《ごま》、海藻《かいそう》といったものを多く摂ること……。ああ、鶏肉《とりにく》の皮もよいかもしれぬ。それに適度に身体《からだ》を動かすことも大切だ。が、尿崩症を甘く見てはならない。病状が進むと網膜症《もうまくしょう》、腎症《じんしょう》を併発《へいはつ》し、重篤《じゅうとく》になると尿崩症性昏睡《せいこんすい》に陥《おち》いることがあるからよ」

「えっ、昏睡……。そんな状態で板場の仕事を続けてもよいとおっしゃるのですか？」

「なに、それは重症になった場合のことでよ。ああ、仕事を続けても構わないだろう。だが、味覚が戻らないことには、煮方は務まらぬであろうな……。とは言え、板場の仕事は他にいくらでもあるからよ。板頭から追廻に至るまでが一体となり、立場茶屋おりきの料理はそうして生まれるのだからよ」

　素庵はすっかり潮垂《しおた》れてしまった市造を、励ますように言った。

「そうですよ、市造。素庵さまがおっしゃるように、決して気を苛《いら》つものではありません。煮方は料理屋の大黒柱ともいえますが、煮方長の座を連次に奪《うば》われたからといって、気を落とすことはありません。味覚が戻れば再び戻ることが出来るのだし、現在《い》こそ八寸場《はっすんば》で市造の本領を発揮《はっき》するときです。客があっと驚くような八寸や先付《さきづけ》を作るのですよ。いいですね？」

「けど、なんで俺がこんな病に……。俺は何も悪《わり》ィことをしていねえというのに……」

　市造は悔しそうに唇を噛《か》んだ。

「考え違いをするんじゃない。おまえが何かをしたから病に罹《かか》ったというわけではなく、遺伝的な素因《そいん》が大きいのだからよ。市造の双親のどちらかが、この病を患《わずら》ったということはないのか？」

　素庵のその問いに、市造は双親が早くに亡くなっていて判《わか》らないと答えた。

　それを聞き、素庵は食餌療法《しょくじりょうほう》を徹底することと、処方された薬を服用していれば、完治《かんち》することは望めないまでも、これ以上症状が進むことはないだろうと言ってくれたのである。

巳之吉はおりきから市造の病が尿崩症と聞き、目をまじくじさせた。

「するてェと、食餌療法と薬で治《なお》せるんでやすね？」

「この病は完璧《かんぺき》に治すことは難《むずか》しいようです。けれども、症状の改善は望めるようですし、通常の暮らしも出来るそうです。早速、榛名《はるな》さんに今日から市造の賄《まかな》いを特別に作るように言っておきましょう」

「あっし一人のために、それじゃ榛名さんに申し訳ねえ……。あっしの分はてめえで作りやすんで……」

市造は恐縮してそう言ったが、巳之吉が病を治すためには甘えておくようにと言い含め、それで病人食の件は片がついたのである。が、問題は市造が抜けた後のことである。

「それで、市造が煮方を抜けた後のことなのですが、板場のほうは甘く廻《うま》せますか？」

おりきは巳之吉に訊ねた。

「そのことなんでやすが、連次を煮方長に直そうかと思ってやす。奴も立場茶屋おりきに来て九年……。そろそろ責めを負《お》わせてもよい頃かと思いやすんでね。市造にはこれまで通り八寸場や油場《あぶらば》に目を光らせてもらわなくてはならないし、市造が板脇だということに変わりはありやせん。いいな、市造、飽くまでもこれはおめえが味覚を取り戻すまでの処置で、治ればまた煮方に戻ってもらわなくちゃ困るんだからよ」

「……………」

「どうしました、市造、それでいいのですよね？」

「へい。解りやした……」

市造はそう言い、板場に下がって行った。

とは言え、病に罹ってしまったのだから仕方がないと思ってはいても、胸の内では市造も面白《おもしろ》くなかったのであろう。

あれは彦蕎麦のおきわの母親おたえが亡くなり、通夜《つや》のあった日のことである。

枕経《まくらぎょう》が終わり、おりきは一旦《いったん》旅籠に戻り客室のすべてにお薄を点《た》てて廻ると、寝ずの番をするために再び彦蕎麦に出掛けようとした。

すると、裏庭から彦蕎麦の水口《みずぐち》に廻ろうとしたそのとき、菊畑のほうから男の囁《ささや》き声が聞こえてきたではないか……。

おりきはぎくりと脚を止め、思わず聞き耳を立てた。

声の主は、どうやら巳之吉と市造のようである。

「そりゃよ、おめえが気を苛つのは解るが、そうカリカリするもんじゃねえ。連次は煮方長に昇進して些か勇み足なのよ。だからといって、おめえのようにそう頭ごなしに叱りつけたんじゃ、連次の奴、畏縮《いしゆく》しちまって、ますますやりくじりするだけじゃねえか……」

「板頭はそう言うけど、あいつ、伊勢海老《いせえび》の具足煮《ぐそくに》で海老の脚を折っちまったんだぜ？　客は脚まで食わねえといっても、脚の欠けた海老を客に出せるはずがねえ……。それに、ぼたん鱧《はも》にいたっちゃ、鍋の中で鱧を踊《おど》らせやがってよ！　せっかく葛粉《くずこ》を打ったというのに、鍋をぐらぐら煮立てたんじゃ、葛が落ちてしまうじゃねえか！しかも、鱧に火が通ったかどうか確かめてみろと言ったら、あいつ、骨切りした身のほうに竹串《たけぐし》を刺しやがってよ……。皮のほうを刺すってことくれェ、追廻だって知っているというのによ！　あいつ、焼方から煮方に上がって何年だと思う？　これまで俺の下についていて、何ひとつ学んでねえんだからよ……。小言《こごと》のひとつも言いたくなって当然だろう？」

「ああ、おめえの言いてェことはよく解る。けどよ、おめえみてェに小言八百《こごとはつぴやく》に利《り》を食うような文句を言ったんじゃ、煮方長の座を連次に奪われたことへの腹いせと、他の者に思われても仕方がねえんだぜ？　何事も辛抱《しんぼう》の棒が大事《でえじ》……。連次もまさかてめえが煮方長になれると思っていなかったのに、おめえが病に罹り、瓢簞《ひょうたん》から駒《こま》みてェなことが起きたもんだから、やりくじりをしちゃならねえと、気持ばかりが空回《からまわ》りしているんだろうから、もう少し永《なげ》ェ目で見てやるこった……。まっ、俺からも注意しておくが、おめえはもっと泰然《たいぜん》と構えてるんだな。それでなきゃ、莫迦《ばか》を見るのはおめえのほうってことになるんだからよ」

「へっ、解りやした」

どうやら、巳之吉が揚《あ》げ足を取るような市造の態度を見るに見かね、連次を叱責《しっせき》するにしても加減《かげん》というものを知らなければ、痛くもない腹を探《さぐ》られかねない、と諭《さと》しているようであった。

おりきは二人の会話に口を挟むつもりはなかった。

板場衆のことは巳之吉に委せておけば大丈夫……、とそう思っていたのである。

あれから、二年と七箇月……。

市造の味覚は少しは戻ったようだが、まだ完全にとまではいかない。

そのせいか、この頃うち、連次の嵩《かさ》に懸《か》かった態度が些か鼻につくように……。

それでも、巳之吉が板場にいる間は猫かぶりしているのであるが、姿が見えないと見るや途端《とたん》に態度がでかくなり、まるで自分が板脇であるかのように振る舞うのだった。

これ以上、連次を増長《ぞうちょう》させてはならない……。

案外、巳之吉は釘《くぎ》を刺すつもりで、敢えて、連次ではなく福治を助っ人に選んだのかもしれない。

巳之吉にそんな大鉈《おおなた》が揮《ふる》えるのも福治の資質《ししつ》を認めているからで、無論、連次が臍《へそ》を曲げるであろうことも、巳之吉は先刻承知《せんこくしょうち》……。

が、兄弟子の市造を見掠《みかす》めるなど、言語道断《ごんごどうだん》！

しかも、巳之吉の目から見れば、連次も福治も力量はほぼ互角《ごかく》……。

ならば、切磋琢磨《せっさたくま》しながら、互いに向上していけばよいのである。

恐らく、巳之吉はそんなふうに考えているのであろう。

「大丈夫ですよ！　巳之吉には巳之吉の考えがあるのでしょうから、ここはひとつ高みの見物といこうではないですか……」

おりきが茶を淹《い》れながら達吉に目まじする。

「へっ、そりゃまっ、そうなんでやすがね……。結句、女将さんは巳之さんを信頼していなさるってことなんでやすよね？　こりゃ、新年早々、お熱いこって！」

達吉がちょうらかす。

「ええ、そうですよ。女将が板頭を信頼していなくて、どうするのですか……。無論、達吉も信頼していますし、潤三も……。その信頼が立場茶屋おりきを支えているといっても過言《かごん》ではないのですからね」

おりきは平然とした顔でそう言うと、達吉と潤三に茶を勧《すす》めた。

案の定、田端屋の茶事に福治が供をすると聞いた連次は、さっと色を失った。

「どうした、連次、不服《ふふく》か？」

「いや、そんな……。不服なんて……」

連次が挙措を失い、目を泳がせる。

「ただ、あっしは昨日今日入《へえ》ったばかりの福治に務まるのかどうかと思って……。だって、此度は本格的な茶懐石なんでやしょ？　そんな大切《てえせつ》な茶会だというのに、いいんでやすか？」

「それはどういう意味でェ……。じゃ、おめえは福治には務まらねえが、おめえには務まるというのか？　ほう、おめえがそんなに本格的な茶懐石に通じているとは知らなかったぜ……。俺だって、本格的な茶懐石は初めてだというのによ」

「いや、その……。俺ャ、何も知らねえ。板頭が知らねえのに俺が知ってるわけがねえ……」

「では、おめえも福治も立場は同じってことだ……。いいか、連次、おめえは福治のことを昨日今日入《へえ》ったと言ったが、確かに、福治は立場茶屋おりきに来て、まだ日が浅《あせ》ェ……。だがよ、福治にはこれまでいろんな見世を転々としてきたという経緯があり、無駄に日を重《かさ》ねてきたわけじゃねえんだ。それも、ただ漫然《まんぜん》と見世を渡り歩いてきたのではなく、それぞれの見世からちゃんと学ぶべきところは学び、自分のものにしているんだ……。その点、おめえはここに十年以上もいて、俺や板脇からどのくれェ技量を盗み取り、自分のものにした？　俺が見るに、此《こ》の中《じゅう》、おめえは板脇を凌《しの》いだかのような考え違《ちげ》ェをしているようだが、てんごうを……。おめえはまだ板脇の足許《もと》にも及ばねえ！　おめえに朝粥膳《あさがゆぜん》の献立が考えられるか？　竹籠《たけかご》の中に十種類以上の小鉢《こばち》を並べているが、あれだって、適当に並べればよいというものじゃなく、板脇の頭の中では味や彩《いろど》り、滋養《じよう》の調和などがちゃんと計算しつくされてるんだ！　確かに、板脇の味覚は病により衰《おとろ》えた……。だが、それは周囲《まわり》の者が手を貸せば済むこと……。肝心なのは、お客さまに満足していただこうと思う、料理に対しての思い入れでよ……。市《いち》にはそれがあるからこそ、俺ャ、安心して板脇を委せられるんだ。ああ、確かに、煮方長をおめえに委《ゆだ》ねた……。が、それは決して、板脇ってことではねえんだ！　その意味からいっても、俺から見れば、おめえも福治も立場は同じってことでよ……。だからこそ、福治の技量を試《ため》すためにも、此度、茶事の供をさせることにしたのよ……」

「ええ、解っていやす……」

「だろう？　おめえにはこれまで何度も出張料理の供をさせてきたからよ……。一遍《いっぺん》くれェ、福治にその醍醐味《だいごみ》を味わわせてやってもいいんじゃねえか？　そんな理由《わけ》だ、悪く思うなよ……。おめえにはまた次の機会があるだろうし、そうして、互ェ《てげ》に切磋琢磨して、更に高みを目指す……。それが板前の心意気《こころいき》ってもんだからよ！」

　連次は悔しそうに掌を握り締め、きっと唇を噛み締めていた。

「板頭、済みやせん……。あっしのことをそこまで気遣《きづか》って下さり、あっしはなんと言ったらいいのか……」

　市造が気を兼ねて、割って入る。

「なに、いいってことよ。俺ャ、一度は連次に言ってやらなきゃと思ってたことを言ったまでよ……」

「板頭、あっしも礼を言わせてもれェやす。板頭がそこまであっしのことを見ていて下さったのかと思うと、嬉しくて堪りやせん」

福治はぺこっと頭を下げた。

連次はまだ納得がいかないのか、こめかみをビクビクと顫《ふる》わせている。

が、巳之吉はそれには構わず、

「ところで、追廻だがよ。此度は久米吉《くめきち》と政太《せいた》の二人を連れて行こうと思うが、構わねえな？」

と市造に訊ねる。

久米吉は巳之吉が初めての出張料理といえる札差倉惣《ふださしくらそう》の寮に供をして以来、出張料理には欠かさずついて回り、何をどうすればよいのかが解っていた。

そして政太は、旅籠の追廻の中では一番の古株《ふるかぶ》といってよいだろう。

つまり、福治が初めての出張料理とあって、追廻は慣《な》れた者を使おうという腹なのであろう。

「ええ、構いやせん。六日は松の内で、旅籠のほうはさして忙しくありやせん……。それに此度は御殿山下なので、終わればすぐに戻って来られやすからね」

「よし、それで決まりだ！　そうだ、福治、六日の魚河岸にはおめえもついて来な。

仕入れも見ておくと先々《さきざき》役立つだろうからよ」

「へい」

巳之吉はさり気なく連次に目をやった。

連次はまだ不貞《ふて》たように俯《うつむ》いている。

「おっ、連次、六日は板場から三人抜けるから、朝餉膳の仕度が大変《てえへん》だと思うが頼んだぜ！　なんせ、おめえの仕切りがものを言うんだからよ……」

巳之吉がそう言うと、やっと連次は諦《あきら》めがついたのか顔を上げ、へっ、委せといて下せえ、と言った。

やれ……、と巳之吉は息を吐くと、夕餉膳のお品書を認《したた》めるために、二階家へと歩いて行った。

その頃、おりきは年が明けて初めてやってきた、多摩《たま》の花売り三郎《さぶろう》を相手に草花を選んでいた。

「やっと、梅が手に入《へえ》りやした……。毎年のこったが、この時期、本当に草花が手に入《へえ》らなくて、この梅も日当たりのよい場所にほんの少し花をつけていたもので……！」

三郎がまだ殆《ほとん》どが蕾《つぼみ》で、やっと二つばかり開花しかけた梅の枝を翳《かざ》してみせる。

「あら、蠟梅《ろうばい》があるではないですか！　それに水仙《すいせん》も……。助かりましたわ。暮れから三が日にかけて青木《あおき》や柊《ひいらぎ》、裏白《うらじろ》、侘助《わびすけ》や曙《あけぼの》といった椿《つばき》で凌いできましたが、やはり、それだけでは寂《さみ》しくて……」

「もう少し辛抱して下さりゃ、三角草《みすみそう》とか満作《まんさく》、黄梅《おうばい》、三叉《みつまた》などを持って来られるんでやすが、やっぱ、現在《いま》はこれで筒一杯《つついっぺえ》ってとこで……」

「いつも無理を言って済みませんね。それで、三が日はゆっくり出来ましたこと?」

「ゆっくりも何も……。元旦《がんたん》早々、赤児《やや》が生まれたもんで……」

水仙を手桶《ておけ》に移し替《か》えていたおりきが、えっと驚いたように三郎を見上げる。

「まあ、それはお目出度いこと! それで、どちらでしたの?」

三郎はへへっと照れたように、月代《さかやき》に手を当てた。

「それが、女ごの子で……」

「女ごの子……。では、しずかちゃんに妹が出来たのですね。さぞや、喜市《きいち》さんもお悦びでしょう……」

「へえ、そりゃもう……」

三郎はそう言い、にたりと嗤《わら》った。

「おとっつァんたら、生まれるまではおえんの腹の子を男の子と決めつけ、名前《なめえ》まで耕一《こういち》と決めてたんで、女ごの子と聞き、さぞやガッカリするだろうと思っていたら、天骨もねえ！　もう、めろめろでよ……。しずかに負けねえよい名をつけなきゃと張り切っちまって……。そうだ！　こんなことを言ってやしたぜ……。しずかの名をつけたときに女将さんの面影《おもかげ》がふっと目の前を過ぎったもんだから、それで、女将さんの好きな花の名からしずかという名を選んだので、今度も花の名から選ぶか、いっそのこと、いや、いっそのやけ、女将さんにつけてもらおうかと……」

ああ……、とおりきも頷く。

しずかは喜市にとって初孫である。

確かあのとき、おりきがどんな名前にしたのかと訊ねると、喜市はでれりと相好《そうごう》を崩《くず》し、こう答えたように思う。

「へい、しずかといいやす。いえね、おえんがあっしに名をつけてくれというもんだから。男の子なら、百姓に相応《ふさわ》しく、耕一とつけるつもりでやしたが、女ごだったもんで……。ところが、ふっと女将さんの面影が目の前を過ぎりやしてね。それで、女将さんの好きな花の名をつけようと思って……。けど、女将さんが好きな花は鷺草《さぎそう》だの空木《うつぎ》だのといった花が多く、なかなか人の名前《なめえ》に相応しい名が思いつかず、それで、一人静《ひとりしずか》、二人静《ふたりしずか》から、しずか、という名前をつけやした……」

「しずか……。良い名前ではないですか」

「へっ、母親のおえんがとんだじゃじゃ馬なもんだから、おっかさんには似るな、立場茶屋おりきの女将さんのような女ごになるんだぞって意味を込めやしてね。と言っても、所詮《しょせん》、百姓の娘だ……。高望みしたってしょうがねえんでやすがね。けど、名《な》前《めえ》が良かったんでしょうかね？　しずかはおえんの娘とは思えねえほど、めんこい顔をしてやしてね。へへっ、爺莫迦《じじばか》なんだろうが、可愛くって堪らねえ……」

さぞや、此度も喜市は爺莫迦ぶりを見せているに違いない。

おりきには、喜市のでれりと脂下《やにさ》がった顔が見えるようだった。

「女将さん、おとっつァんじゃねえが、あっしも女将さんに名前《なめえ》をつけてもらえたら、これほどの幸せはねえと思ってやす……。ふてくろしい（厚かましい）のは重々承《じゅうじゅうしょう》知《ち》で、お頼みすることは出来ねえものでしょうか？」

三郎がそろりと上目《うわめ》におりきを窺う。

「わたくしに？　ええ、それは構いませんが……。けれども、しずかちゃんの名前は喜市さんがおつけになったのですもの、此度もそうなさったほうがよいのでは……。それか、此度は三郎さんがつけるとか……」

三郎はがくりと肩を落とした。

「そうでやすよね……。女将さんにつけてくれとは、いかにいっても、身の程知らず……」

　おりきは慌てた。

「いえ、そういう意味ではないのですよ。わたくしは赤児《やや》に近しい人がつけてあげたほうがよいのではと思ったものですから……。けれども、喜市さん、三郎さん、おえんさんの総意《そうい》というのであれば、悦んでおつけしますことよ。それは皆さんの総意なのですね？」

　すると、今度は三郎が挙措を失った。

「いや、おえんはどう思っているか知らねえ……」

　三郎の様子から見るに、どうやら、おりきに赤児《やや》の名前をつけてほしいというのは、三郎の勇み足のようである。

　おりきはくすりと肩を揺《ゆ》らした。

「とにかく、多摩に戻って皆さんの意見をお聞きになったらどうかしら？　その結果、わたくしにというのであれば、悦んでおつけしますので……」

　三郎が照れ臭そうに頷く。

「へっ、そうしやす。三日後、また来やすんで……」

　三郎はそう言い、帰って行った。

喜市に二人目の孫が……。

久しく逢わないが、きっと、おえんもすっかりおっかさんぶりが板についていることだろう。


巳之吉は下げられてきた膳《ぜん》を見て、思わず息を呑《の》んだ。

半東《はんとう》（亭主の助手）が運んで来たのは、恐らく正客の膳と思えるのだが、向付の鯛の昆布締めに一切《いっさい》手がつけられていないのである。

「これは……」

巳之吉が怪訝《けげん》そうに膳を受け取る。

すると、なんと、ずっしりとした手応《てごた》えが腕に伝わってくるではないか……。

慌てて飯椀《めしわん》の蓋《ふた》を開けてみると、一文字《いちもんじ》に盛ったご飯がそっくりそのまま残っている。

続いて汁椀《しるわん》の蓋を取ると、これまた、手をつけた形跡《けいせき》がない。

しかも、膳の上の煮物椀の傍には取り皿が置かれ、鰆の幽庵焼、酢物、進肴、八寸、香の物が載《の》せてあるではないか……。

　一体、これはどうしたことだろう……。

　茶席には、まず膳（一飯、汁、向付）が出され、客が飯、汁と口をつけてから燗鍋と盃台（酒一献目《いっこんめ》）が出され、そこで初めて向付に箸《はし》がつけられる。

　続いて飯器（一回目）汁替えが行われ、それから煮物椀となり、二献日《にこんめ》のお酒の後が焼物となるのであるが、焼物は一つの皿に盛られ、客がそれぞれに取り分けることに……。

　預鉢、進肴、八寸、香の物も同じ要領で、最後の湯斗（お焦《こ》げと湯）は飯椀に注《つ》ぐので、椀を清める役割を果たすことになる。

　従って、下げられてくる膳には、当然、空《から》となった飯椀、汁椀、盃《さかずき》しかないはずなのに、これは一体どうしたことか……。

　巳之吉が訝しそうに小首を傾げると、そこに亭主の田端屋慶吾が次客《じきゃく》、お詰め（末客）の膳を手に、水屋《みずや》の隣に急拵《きゅうごしら》えした厨《くりや》に入って来た。

「さぞや驚かれたでしょうな……。最初《はじめ》にお話ししておくべきでしたが、今日の正客は亡くなったお夕《ゆう》だったのですよ。詳《くわ》しくは聞かないで下さい……。ただ、あたしは目には見えずとも、お夕が正客の座に坐《すわ》っていたと思っていましてね……。今日はお夕のために催《もよお》した茶席です。いないはずがありませんからね……」

慶吾はそう言うと、水屋に戻って行った。

たった今、慶吾が運んで来た二つの膳は、どちらも飯粒《めしつぶ》一つ余すことなく平《たい》らげられている。

すると、正客は既にこの世の人ではないが、次客、お詰めは確かにいたということ……。

巳之吉と福治は顔を見合わせた。

巳之吉たちは厨でご飯を炊《た》き、焼物を焼いたり汁物や酢物を作り、盛りつけをする。すべてが水屋にいる半東の合図により行われ、半東には茶室の様子が解っても、巳之吉たちには客の様子が窺えない。

とは言え、茶事のご飯には決まり事があり、最初《はじめ》の一文字は羽釜《はがま》を火にかけた状態のまま、全体に水分が若干《じやっかん》残ったところで椀に一文字の形で掬《すく》い取る。

そして羽釜に蓋をして水分がなくなるまで火にかけて、パチパチと音がし始めると火を止め、ご飯を飯器に……。

これが二回目の飯器となる。

そうして、残りのご飯を蓋をして蒸《む》らし、これを一回目より少しこんもりと飯器に盛ったのが二回目の飯器となり、羽釜にこびりついたお焦げに水と少量の塩を入れたのが湯斗……。

　これらはすべて水屋で待機《たいき》する半東が、客の食べ終える頃合を計《はか》り厨に声をかけて行われ、巳之吉たちは阿吽《あうん》の呼吸で次の料理の準備をすることになるのである。

　従って、旅籠で会席膳を作るのとはまた別の緊張感があり、気扱《きあつかい》も要求されるとあって、巳之吉には寧《むし》ろ心地よい刺激があった。

　だが、まさか、今日の茶事が死者のためであったとは……。

「お夕って、一体誰《いってえ》のことでしょうね」

　追廻の政太が気色《きしょく》悪そうに呟く。

「政太、無駄口を叩くんじゃねえ！」

　巳之吉は政太を睨《ね》めつけると、片づけに入った。

　今頃、茶席では主菓子と濃茶が出されていることだろう。

　本日の主菓子は、此花《このはな》と名付けられたきんとん……。

　干菓子は越《こし》之雪である。

　そうして、巳之吉たちが粗方《あらかた》厨を片づけた頃、再び、慶吾が厨に顔を出した。

「皆さん、今日はご苦労でしたね。たった今、客が帰られたところでしてね」

「それで、如何でやしたでしょう。お気に召して下せえやしたか？」

巳之吉が神妙《しんみょう》な顔をして訊ねる。

「ええ、ええ、気に入りましたよ！　さすがは立場茶屋おりきの板頭……。あたしが先《せん》に頼んでいた板さんとは大違いで、第一、風格が違います！　あたしは真田屋のあの満足そうな顔を見て、溜飲《りゅういん》の下がるような想いがしましたよ。何しろ、あの男は以前閑古庵でおまえさんに懐石を作らせたのが自慢でしてね。けれども、此度はあのときと違って、本格的な茶懐石……。真田屋が参ったという顔をしていたのが愉快《ゆかい》でね……」

「えっ、では、次客は真田屋の旦那さまで？」

巳之吉が驚いたといった顔をする。

「ええ、真田屋吉右衛門《きちえもん》さんと、もう一人は加納屋《かのうや》……。あっ、加納屋はご存知ないかもしれませんね。三田《みた》二丁目で献残屋《けんざんや》をやっている男ですが、なかなかの茶人《ちゃじん》でしてね。以前は真田屋、加納屋、あたしどもの三軒が交替で初釜を催していましたが、ここ十年というもの、どういう理由《わけ》が気が乗らなくて……」

慶吾が辛《つら》そうに肩息《かたいき》を吐く。

が、巳之吉たちの視線に気づいたのか、取ってつけたように頰に笑《え》みを貼《は》りつけた。

「板頭、安心していいですよ……。食通《しょくつう》で通った加納屋が煮物椀を絶賛《ぜっさん》していましたからね。真田屋が立場茶屋おりきの常連と聞き、次は是非《ぜひ》、旅籠に連れて行けと強請《ねだ》ったもんだから、真田屋が困《こう》じ果てたような顔をしましてね……。あっ、あたしたちも行かせてもらってもいいのですよね？」

「ええ、勿論《もちろん》でやすよ。女将も悦ぶと思いやす」

「ああ、これで愉しみが増えましたよ。これも潤三さんのお陰……。あたしが礼を言っていたと伝えて下さい。それで、如何《いか》ほどお支払いしたらよいのでしょう？」

「あっ、それは改めて番頭が書出を持って参りやすんで……」

「潤三さんが？　潤三さんが来てくれるのですね。それは良かった！　では、あたしは皆さんが帰られた後、お夕の膳を相伴《しょうばん》することにいたしましょう……。今日は本当にご苦労でした。女将に宜しく伝えて下さいませ」

　慶吾が慇懃《いんぎん》に頭を下げる。

　巳之吉たちも改まったように辞儀《じぎ》をした。

　が、胸の内は、どこかしら吹っ切れない想いで一杯である。

　何ゆえ、亡くなった女ごのために初釜を催したのか、お夕とは一体誰なのか、訊《き》きたいことが山ほどあるのに、喉元《のどもと》まで出かけた言葉が、どうしても口を衝いて出ないのである。

が、刻《とき》は既に八ツ（午後二時）を廻っていた。

急いで帰らないと、夕餉膳の仕込みに間に合わない。

巳之吉たちは大八車《だいはちぐるま》に鍋や調理道具を乗せ、有無庵を後にした。

田端屋の寮がある敷地は三百坪ほどであり、その殆どが雑木林《ぞうきばやし》で、その中に、数寄《すき》屋《や》造りの母屋《おもや》と離れ、茶室がぽつねんと佇んでいる。

が、母屋も離れもひっそりと静まり返っていて、人が住んでいる気配《けはい》が窺えない。

うっかりすると、廃屋《はいおく》かと見間違えてしまいそうである。

が、確かに、ここには慶吾が使用人と一緒に住んでいて、今し方、有無庵では茶事が催されたのである。

「なんだか、浮世《うきよ》離《ばな》れした寮だよな」

「真っ昼間《まぴるま》で、皆と一緒だったから平気だったが、夜分《やぶん》にここに来いと言われても、俺ャ、真っ平《ぴら》ご免《めん》だぜ……」

久米吉と政太が、大八車を牽《ひ》きながら囁き合っている。

「久米、政太！　さっさと車を牽きな。夕餉膳の仕込みが待ってるんだからよ！」

前を歩く巳之吉が振り返り、二人を鳴り立てる。

その刹那《せつな》、巳之吉の目に、有無庵の露地門《ろじもん》の前に佇み、深々と頭を下げる三十路半《みそじなか》ばの女ごの姿が……。

あっと、巳之吉は目を瞬《しばたた》いた。

ところが、いると思った女ごの姿が、もうどこにもない……。

目に映《うつ》るのは、露地門を塞《ふさ》ぐかのように枝を伸ばした冬木《ふゆき》に、落葉した枯木立《かれこだち》ばかり……。

「どうかしやしたか？」

福治が訝しそうな顔をする。

「いや、なんでもねえ……」

巳之吉はそう言うと、再び歩き始めた。

それから五日後のことである。

この日（十一日）は鏡開《かがみびら》きで、あすなろ園の子供たちが裏庭で鏡餅《かがみもち》を割るというので、おりきも見物してきたのであるが、裏庭から中庭に入ったところで、玄関から駆けて来た潤三に出会《でくわ》した。

「女将さん、真田屋の旦那さまがお越しでやす……。帳場にお通ししておきやしたんで、早く行ってあげて下せえ！」

「真田屋さまが……。お一人で？」

「ええ、お一人でやす。現在《いま》、大番頭さんが相手をなさっていやすが……」

「あら、それは大変！」

おりきが刻《きざ》み足に水口に入って行く。

吉右衛門は達吉の淹れた茶を飲んでいた。

「これは、女将……。先日は田端屋が世話になりましたな。前もって、あたしのほうから断りを入れておけばよかったんだが、なんせ、田端屋があたしに内緒で、勝手にこちらに頼んでしまったようで申し訳なかったね」

吉右衛門が気を兼ねたように頭を下げる。

「まあま、頭をお上げ下さいませ。では、真田屋さまは当日まで巳之吉が茶懐石を務めることをご存知なかったと……」

「知るもんですか！　あたしは田端屋が久方《ひさかた》ぶりに茶会を開くというもんだから、どうせ、いつもの料理屋に頼むのだろうと思っていたのですよ……。ところが、煮物椀が出され、ひと口食べて、ピンと来ましてね。それで、此度の懐石はいつもと違うようだが……、と水を向けてみると、田端屋が白状しましてね……。聞いて驚きましたよ。なんと、立場茶屋おりきの板頭に頼んだというではないですか！　あいつ、いつの間にちゃっかりと……」

「それで、今、あっしが潤三と田端屋のご隠居との因縁《いんねん》を説明していたところなんでやすよ」

達吉が言う。

「そう言えば、潤三さんがこの正月から旅籠の番頭になられたとか……。前々から、あの男は見込みがあると読んでいましたが、やっぱりねえ……。いやあ、実に日出度い！」

「お目出度いといえば、真田屋さま、お目出度《めでと》うございます！　今年はいよいよお祖父《じ》さまになられるのですものね」

おりきがそう言うと、吉右衛門はでれりと眉を垂《た》れた。

「沼田屋《ぬまたや》からお聞きになったのですね？　あのお喋《しゃべ》りが！　いえね、家内が言うんですよ。お腹の赤児《やや》が安定するまでは、いつ何が起きるか判らないので、他人《ひと》さまにあまり早くから話すものではないと……。あたしもね、もしも万が一ってことがあったら、育世《いくよ》が肩身《かたみ》の狭い想いをすることになると思い、他人《ひと》に話したくて堪らないのをぐっと堪えていたんですよ……。それなのに、沼田屋ときたら、行く先々で吹聴《ふいちょう》して廻るんだからよ！　まっ、あの男が舞い上がるのも無理もない話でしてね……。嫡男《ちゃくなん》の源一郎《げんいちろう》さんには未《いま》だに子が出来ず、婿に出した源次郎《げんじろう》に子が出来て、やっと祖父さまになれるわけですからね……。真田屋にしてみれば、沼田屋に申し訳ないような気がするのですが、これぱかりはね……」

そう言う吉右衛門の顔には、露ほども翳《かげ》りがなかった。

やはり、沼田屋源左衛門《げんざえもん》の懸念《けねん》は杞憂《きゆう》だったようである。

源左衛門は初孫が出来ることをおりきに知らせに来たとき、家内が吉右衛門夫妻を気遣い、あの二人の胸の内では、これがこずえの産《う》む子であったら……、という想いが拭《ぬぐ》えず、もしかすると、育世さんが懐妊《かいにん》したことで、こずえさんへの哀惜《あいせき》の念がますます強くなったのではなかろうか……、と案じていると言った。

「と言いますと？」

おりきがそう訊ねると、源左衛門は続けた。

「いや、源次郎の本音《ほんね》はどうなのだろうかと思ってな……。と言うのも、当初、源次郎は後添いを貰うことを渋《しぶ》っていましたからね。亡くなったとはいえ、あいつの中では、いつまでもこずえさんの存在が根を下ろしていて、忘れようにもなかなか忘れられるものではない……。それを、あたしや真田屋、ほれ、女将、おまえさんまでが宥《なだ》め賺《すか》して、やっと見合から結納《ゆいのう》、祝言《しゅうげん》へと運んだのですからね……。源次郎があとで言っていたが、立場茶屋おりきの女将の言葉が背中を押してくれたと……」

「いえ、わたくしは何も……」

正《まさ》な話、おりきは大したことをしたつもりはなかった。

あのとき、おりきは育世と初顔合わせを済ませてからもまだ迷っている様子の源次郎に、もしかすると、こずえさんが育世さんを源次郎さんに引き合わせたのかもしれない、と囁いたのである。

すると、源次郎は心《しん》から安堵したようだった。

「それを聞いて気持が楽になりました。まだ、この先どうなるか判りませんが、今後とも、何かと相談に乗ってもらえますか？」

「ええ、わたくしでよければ、いつでも……」

どうやら、源次郎はそのときのことを源左衛門に打ち明けたようである。

「とにかく、源次郎は女将のあのときの言葉で、育世さんとのことを前向きに考えようと思ったそうで……。が、赤児《やや》が生まれてくるとなると……。そりゃね、理屈では、祝言を挙げれば夫婦《めおと》の営《いとな》みがあり、赤児《やや》が出来ると解っていても、実際に育世さんのお腹に赤児《やや》が宿ったとなると、あの源次郎のことだから、またぞろ、悶々《もんもん》としたものを胸に抱えているのではなかろうかと、それが案じられましてな」

ああ……、とおりきも頷いた。

難病《なんびょう》を得《え》て余命《よめい》幾《いく》ばくもないと知りながらも、こずえを励まそうと真田屋の入り婿に入った源次郎である。

こずえ亡き後、真田屋安泰のために是非にもと後添いを貰うことを周囲《まわり》から勧められ、源次郎も納得して育世と所帯を持ったのであるが、育世との間に赤児《やや》が出来たことで、再び、源次郎の中でこずえに済まないという想いが頭を擡《もた》げたとしたら……。

おりきもそんなふうに思ったのである。

すると、源左衛門は立場茶屋おりきに来る前に真田屋を訪ね、源次郎の様子を窺ってきたのだと続けた。

「案の定、源次郎があまり嬉しそうな顔をしていないのですよ。いや、さすがに舅《しゅうと》や嫁の前では、無理して頬に笑みを貼りつけていましたよ。が、親のあたしには隠せません……。あたしには源次郎の奴がどこかしら辛そうに見えましてね……。けれども、あたしは敢えて源次郎を質そうとしませんでした。現在《いま》、あいつは自分だけが幸せになることで、こずえさんに後《うし》ろめたさを感じているのだろうが、そんな煩悶《はんもん》も育世さんのお腹が大きくなるにつれ、次第に薄らいでいくものですからな……。現実に目を向ければ、否《いや》が応《おう》でも、前を向いて生きていくより仕方なくなりますからね」

「それで、真田屋さまや内儀《ないぎ》は？」

「なに、家内の杞憂にすぎませんでしたよ……。二人とも実にさっぱりとしたもので、早く祖父さん祖母さんと呼ばれてみたいものよ、と嬉しさが隠しきれずにでれでれでしたからね……。あたしが見たところ、あの二人にとって、今や、育世さんは我が娘《こ》同様……。こずえさんのことが吹っ切れていないのは、源次郎だけとみてよいでしょう」

が、おりきは、そうだろうか……、と思った。

吉右衛門もたまきも、こずえのことが吹っ切れたのではなく、それはそれとして置いておき、新《あら》たに育世を我が娘《こ》として受け入れようと努めているのではなかろうか……。

そうでもしなければ、ほかでもない、自らが辛くなるばかりで、延《ひ》いては、育世をも苦しませることになる。

おりきが源左衛門と交《か》わしたそのときの会話を思い出していると、吉右衛門がくくっと肩を揺すった。

「女将が現在《いま》考えていることを当ててみようか……。育世が子を産むことで、あたしたち夫婦が複雑な想いでいるのではなかろうかと、そう思っているのだろう？　ああ、確かに、そんな想いはありましたよ……。けれども、亡くなったこずえは二度と戻って来ませんからね。ですから、こずえはこずえ……。あたしたちは育世という新たなる娘を授《さず》かったのだから、筒一杯《つついっぱい》、あの娘《こ》を慈《いつく》しんでやろうと思っています。源次郎も赤児《やや》が生まれると知ったときには少し動揺していたようだが、現在《いま》では生まれてくる子に夢や願望を託しているようです。ああ、あたしも五月が待ちきれませんよ！」

吉右衛門の言葉に、おりきはほっと眉を開いた。

良かった……。

「なんだか、女将さん、嬉しそうでやすね？」

達吉がちょうらかす。

そこに、潤三が帳場に入って来たので、話はいつしか有無庵の茶事へと……。

「ところで、板頭からお聞きになったと思いますが……」

吉右衛門はそう唐突《とうとつ》に切り出した。

「と言いますと？」

「ほれ、正客のことですよ」

「ええ、そう言えば、巳之吉が頻《しき》りに訝しがっていましたわ……。正客の膳だけ手がつけられないまま下げられてきたものだから、何か失態《しったい》でもしたのだろうかと思っていたら、正客は亡くなったお夕という女《ひと》だったとか……。巳之吉には何故そんなことをするのか、お夕という女《ひと》が誰なのかも解らず、結句、訊ねることが出来ないまま戻って来たと言っていましたが……。真田屋さま、何か知っていらっしゃいます？」

おりきが吉右衛門を瞠める。

吉右衛門はわざとらしく咳《しわぶき》を打つと、

「では、お話ししましょう」

と言った。


「お夕というのは、田端屋の後添いでしてな……。内儀《かみ》さんを早くに亡くし、男手ひとつで息子を育てていたのですが、息子が見世を手伝うようになりほっとしたのか、突然、廓《くるわ》通いをするようになりましてね。目と鼻の先に南女《なんじょ》（品川宿《しながわしゅく》の遊女）がいるというのに、五丁《ごちょう》（新吉原《しんよしわら》）の花魁《おいらん》しか相手にしないというのが、あの男の矜持《きょうじ》……。殊《こと》に、富士楼《ふじろう》の夕顔《ゆうがお》という太夫《たゆう》にぞっこんでしてね……。ところが、あんまし五丁通いが続くもので、あるとき、息子や番頭がいっそ身請《みうけ》し囲い者にしてはどうかと勧めたのですよ。ところが、田端屋は夕顔に手懸《てかけ》になれとは失礼千万《しつれいせんばん》！　あの女ごは御家《ごけ》人《にん》の娘で、理由《わけ》あって北《きた》（新吉原）に売られてきたが、そんじょそこらの傾城《けいせい》（遊女）とは違うのだ、おまえたちがいくら異を唱えようと、自分は夕顔を後添いにする、と言い張ったのですよ……。それで、息子たちは横新町の見世に入れなければ、という条件つきで折れたそうでしてね……。田端屋は先代が造った御殿山下の寮を改築し、そこに夕顔、いや、お夕さんを住まわせることにした……。茶室の有無庵はそのときに造られたのですよ。わざわざ母屋より侘びた風情《ふぜい》に造ったのは、お夕さんが茶を嗜《たしな》む女《ひと》で、利休の待庵に憧《あこが》れていたからだとか……。それまで茶の湯に関心を払わなかった田端屋が、茶人へと突き進んでいったのはお夕さんに感化されたからで、あたしや加納屋と親しくなったのもその頃のことです」

吉右衛門はそこまで話すと、おりきに茶を所望した。

「これは気がつきませんで……。お薄を点てましょうか？」

「いや、煎茶《せんちゃ》でよい。女将が淹れる茶は絶品《ぜっぴん》だからよ！」

吉右衛門がそう言うと、達吉が、済んませんね、あっしの不味《まず》い茶を飲ませちまって……、と恐縮する。

「いや、大番頭さんのも美味かった！　だが、女将のはもっと美味いのでな……。ところで、どこまで話しましたかな？　おお、そうよ、お夕さんに感化され田端屋が茶を嗜むようになったというところまででしたな……。お夕さんが落籍《ひか》され寮に入ったのが、二十六歳のとき……。さあ、凡《およ》そ十年は田端屋にとっては順風満帆《じゅんぷうまんぱん》といってもよいだろう……。お夕さんという女《ひと》は実に見目麗《みめうるわ》しい女《ひと》で、五丁にいた頃には夕霧《ゆうぎり》太夫の再来と言われていたほどなんですよ。知っていますよね？　夕霧太夫のことを……」

吉右衛門が皆を見廻す。

が、頷いたのは達吉だけで、おりきも潤三もとほんとした顔をしている。

「えっ、女将さん、ご存知ねえんで？　潤三が知らねえのは解るが、女将さんが知らねえとはよ……。まっ、女ごだもの、知らなくて当然か……」

達吉が驚いたといった顔をする。

「申し訳ありません、不勉強で……。その方も五丁の花魁なのですか？」

「いや、大坂新町《おおざかしんまち》にあった扇屋《おうぎや》お抱えの太夫でしてね……。何しろ、延宝《えんぽう》六年（一六七八）に亡くなったといいますから、随分昔の話でして……。が、この夕霧太夫、元は京《きょう》の島原《しまばら》で鳴らした太夫で、その麗しさ、品格、舞い姿と、そのどれを取っても抜きん出ていて一世風靡《いっせいふうび》したと言われていたのですが、扇屋が京より大坂新町に移転する際に夕霧太夫も大坂へと……。当時、淀川《よどがわ》を下《くだ》る夕霧太夫の姿をひと目見ようと、川岸に大勢の野次馬《やじうま》が押しかけたといいますから、どれだけ美しかったか……。ところが、美人薄命《びじんはくめい》とはよく言ったもので、夕霧太夫は二十七歳で亡くなってしまったのですよ。夕霧太夫の死を惜《お》しんで、大坂では追善狂言《ついぜんきょうげん》（夕霧名残《なごり》の正月）が上演されたといいますし、浄瑠璃《じょうるり》の夕霧もの（夕霧三世《さんせ》相《そう》や夕霧阿波鳴渡《あわのなると》）も夕霧太夫を下敷《したじ》きにして書かれたものでしてね」

「えっ、では、近松《ちかまつ》（門左衛門《もんざえもん》）の夕霧（夕霧阿波鳴渡）が……。まあ、そうでしたの！」

おりきが目をまじくじさせる。

「あっしが知っているのは、夕霧太夫が高尾《たかお》太夫、吉野《よしの》太夫と並び、三大《さんだい》太夫と言われていたからでよ……。あっしが知っているのはその程度のことで、とても真田屋さまのようにはいかねえ……。けど、夕顔太夫、いや、お夕さんが夕霧太夫の再来と言われるほどの美印《びじるし》（美人）だったとは……。そりゃ、田端屋の旦那も入れ込みたくなるってもんでよ！」

　達吉がそう言うと、吉右衛門がつと眉根を寄せた。

「ところが、田端屋の幸せも永《なが》くは続かず、十年前にお夕さんが急死しましてね……。なんでも、心《しん》の臓《ぞう》の発作《ほっさ》とかで、田端屋の嘆《なげ》きようは見ていられないほどでしてね……。田端屋にしてみれば、お夕さんが病の床に臥していたというのなら、心の準備も出来たであろうし、看病のひとつも出来たのに、いきなりのことですからね……。それこそ半狂乱となって、まったく家業に手がつかない有様《ありさま》で……。それで、身代《しんだい》を息子に譲り、本人は寮に引き籠《こ》もってしまったのですよ。まっ、言ってみれば、世捨て人……。以来、あたしたちとも疎遠《そえん》になってしまいましてね……」

　吉右衛門が蕗味噌《ふきみそ》を嘗《な》めたような顔をして、ふうと太息《ふといき》を吐く。

「では、あっしが成覚寺の傍でご隠居に手を貸したあのときは、たまたま外出なさっていたということで？」

　潤三がそう言うと、吉右衛門が頷く。

「本人が言ってましたよ……。お夕の死後三年ほどは死人《しびと》同然の暮らしをしていたが、それではいけないと己《おのれ》を律《りつ》し、時折外に出るようになったのだと……。と言っても、散歩をする程度のものだったのでしょうがね。ですが、あたしは潤三さんと田端屋の因縁を聞いて、目から鱗《うろこ》が落ちたような気がしましたよ……。田端屋はおまえさんのお陰で、再び、現実の世に戻って来られたのですからね。月に一度、堺屋を訪ねていたというのも、此度、十年ぶりに茶会を催す気になったのも、おまえさんが導《みちび》いたようなもの……。あたしは年末ぎりぎりになって、一月六日に初釜を催すと文《ふみ》を貰い、驚いたのなんのって……。加納屋なんぞ、騙《だま》されてるのじゃなかろうかと、わざわざ、あたしに確かめに来たほどでしてね……。それで、敢えて二人とも騙されてやろうじゃないかと腹を括《くく》って行ってみたのだが、なんの、なんの……。騙されるどころか、立場茶屋おりきの板頭に茶懐石を作らせるという、本格的な茶事だったではないですか！　とは言え、正客が、亡くなったお夕さんと聞いたときには、思わず耳を疑いましたがね……。正な話、田端屋は気が触れたのではないかと思ったほどです。ところが、当の本人は大真面目《おおまじめ》で……。聞けば、一月六日は夕霧忌《ゆうぎりき》だというではないですか……。しかも、奇《く》しくも、その日はお夕さんの命日《めいにち》でもあるとか……」

「まあ、夕霧太夫とお夕さんの命日が一緒だなんて……」

おりきが信じられないといった顔をする。

「それこそ、夕霧太夫の生まれ変わりじゃ……」

潤三も目をまじくじさせた。

「けど、夕霧太夫は二十七歳で亡くなったんだろ？　お夕さんが田端屋に落籍されたのが二十六歳のときで、それから十年後に亡くなったのだから、三十六歳で亡くなったことに……。やっぱ、たまたまってことじゃねえのかよ？」

　達吉がそう言うと、吉右衛門が首を振る。

「たまたまであっても、田端屋にしてみれば、絶世《ぜっせい》の美人と呼ばれる夕霧太夫とお夕さんの命日が同じということは、大いなる意味があるのだろうて……。世に夕霧忌があるのなら、自分はこれから毎年夕顔忌《ゆうがおき》を茶事にて催してやろうと……。それが証拠に、帰りがけに田端屋が言いましてね……。これからは毎年、一月六日に有無庵にて初釜を催すが、それでも構わないかと……。これまで持ち回りで初釜を催していたので、気を兼ねてそう言ったのだろうが、あたしも加納屋もそれでよいと思っているのですよ。これを契機《きっかけ》にして、田端屋が前向きに生きてくれればよいと思っているのでね……」

　おりきも頷く。

「きっと、お夕さんが田端屋さまを勇気づけるつもりで、茶会を開くように仕向けられたのだと思いますよ」

「そう、そうに違いない！　あの日の田端屋はまるで生き返ったような顔をしていましたからね」

吉右衛門がポンと膝《ひざ》を叩く。

「それがね、実は今日あたしが訪ねて来たのには、もう一つ理由《わけ》がありましてね」

吉右衛門が改まったように、おりきに目を据える。

「なんでしょう……」

「先日の茶懐石にいたく感動した加納屋と田端屋が、是非一度、板頭の会席膳なるものを食べてみたいというのですよ……。それで、どうでしょう。あたしが紹介者ということで、来月早々、夕餉膳を頂《いただ》きに来てもよいでしょうか」

「まあ、何かと思ったら……。ええ、ええ、お安いご用ですことよ！　で、二月早々といいますと？」

「それは、戻って二人と相談し、追って文を差し上げます。あたしを含めて三名ということで、ひとつ宜しくお願いします」

「畏《かしこ》まりました。二月ですと、いつでも構いません……。これが三月、四月となると、参勤交代《さんきんこうたい》が始まるものですから、いつでもというわけにはいかなくなります。二月だと、梅も見頃《みごろ》ですものね」

「それから、もう一つ……。予定では、五月末に孫が生まれます。お七夜《しちや》は内々《うちうち》でささやかに祝うつもりですが、食い初《ぞ》めは沼田屋や高麗屋《こうらいや》、それに育世の実家《さと》三橋屋《みはしや》も呼び、盛大に祝ってやろうと思っていますので、その節《せつ》はひとつ宜しく頼みますよ」

吉右衛門が深々と頭を下げる。

「ええ、悦んでやらせて頂きます。その後、育世さんは如何なさっていますか？　そろそろお腹が目立つ頃では……」

「ああ、やっと悪阻《つわり》が治《おさ》まってくれ、此の中、食が進むようになりました。この分なら、無事に赤児《やや》を産んでくれそうだと家内も安堵していましてね」

「それはようございましたわ！」

「おっ、これは長居《ながい》をしてしまいました。では、あたしはこれで……」

吉右衛門が帰り仕度を始める。

「何もお構いしませんで……。中食《ちゅうじき》をご一緒にと言いたいところですが、お急ぎなのですね？」

「ええ。帰りに寄るところがありましてね」

「では、育世さんに寒卵《かんたまご》を……。潤三、板場に行って、土産《おみや》を包むようにおうめに伝えて下さいな」

潤三が帳場を出て行く。

「おっ、寒卵か……。これはこれは……。お腹の赤児《やや》のために、精《せい》をつけろということなのですね」

吉右衛門は満面《まんめん》に笑みを湛《たた》えた。


そうして午後になり、巳之吉が夕餉膳の打ち合わせにやって来た。

「午前中、真田屋の旦那がお見えになったそうでやすね？」

「ええ、半刻《はんとき》（一時間）ほどいらっしゃったのですが、おまえは二階家のほうに行っているのだろうと思い、声をかけなかったのですよ」

「先日の懐石のことで、何か言っておられやしたか？」

「ええ、大満足だったそうですよ……。ふふっ、それがね、真田屋さまは何も聞かされていなかったようで、煮物椀が出て初めて、いつもの料理屋と違うことに気づいたそうでしてね。それで、田端屋さまを問い詰めたところ、巳之吉の手になる料理と知って驚いたのだとか……。それに、正客がまさか亡くなった後添いのお夕さんだったとは……。真田屋さまはそれも知らされていなかったものだから、お夕さんのために催した茶事と聞き、思わず耳を疑ったそうでしてね」

「後添い？　えっ、お夕というのは、田端屋の後添いなんでやすか！」

巳之吉が目を瞬く。

おりきが吉右衛門から聞いたことを、巳之吉に話して聞かせる。

巳之吉は神妙な面差しをして聞いていたが、夕顔忌の件《くだり》になると、ああ……、と目を閉じた。

「どうかしまして？」

いやっと、巳之吉が目を開く。

「やっぱり、あっしが見たのは、お夕さんだったんだ……」

「お夕さんを見たって……。だって、おまえ……」

「ええ、お夕さんは十年も前《めえ》に死んじまってるのだから、そこにいるはずがありやせん……。けど、有無庵から帰《けえ》ろうとしたとき、あっしは確かに露地門の前《めえ》で頭を下げる三十路半ばの女ごを見やした……。一瞬のことで、瞬《まばた》きした瞬間、跡形《あとかた》もなく消え失せちまったが、あれは確かに、お夕さん……。あっしには、お夕さんが礼を言うために現れたとしか思えねえ……。信じてもらえなくてもいい……。ただ、あっしはそう思ってやす……」

巳之吉がおりきを瞠める。

「いえ、信じますよ。きっと、お夕さんは巳之吉なら信じてくれると思って、それで、礼を言うために現れたのでしょうからね」

「あっしは田端屋の旦那とお夕さんの話に胸を打たれやした……。余程《よほど》、二人は慕《した》い合っていたんだ。だから、お夕さんはいつまでも旦那がくしくしとしていてはいけねえと思い、茶会を催すようにと仕向けたのじゃなかろうか……。案外《あんげえ》、旦那の夢枕《ゆめまくら》に立ち、そう囁きかけたのかもしれねェし、現実の世で夢みてェなことが起きたところで、ちっとも不思議じゃねえ！　あっしはそう思ってやす」

おやおや、巳之吉のこの入れ込みようは……。

「そうそう、真田屋さまの話では、夕顔忌はこれから毎年あるそうですよ……。それと、二月早々、真田屋さま、田端屋さま、加納屋さまお三方が、巳之吉の夕餉膳を食べにお見えになるそうです。日時は追って知らせるそうですが、心積《こころづ》もりをしておいて下さいね」

おりきはそう言ったが、巳之吉は聞いているのかいないのか、心ここにあらず……。が、ハッとおりきに目を戻した。

「えっ、ああ、二月早々にね……。解りやした」

その刹那、冬木立の中に佇む女ごの姿がゆるりと巳之吉の眼窩《がんか》を過ぎっていった。
冬木宿《ふゆきやど》……。
一見《いっけん》、寒々《さむざむ》としているようでいて、蹲踞《つくばい》を射《さ》す日溜《ひだ》まりには、温《ぬく》もりが……。
まさに、あそこは冬木宿と呼ぶに相応しい。
そこは、まさに田端屋慶吾とお夕が愛を育《はぐく》んだ場所なのである。

鷽《うそ》姫《ひめ》

津元《つもと》（網元《あみもと》）竜龍《たつりゅう》の親方弾五郎《だんごろう》は、まるで品定《しなさだ》めでもするかのように、勇次《ゆうじ》の身体《からだ》を睨《ね》め回した。

「ほう、おめえが亮造《りょうぞう》の息子かよ……。で、幾《いく》つだ？」

「おっ、勇次、おめえ、十五になったんだよな？」

勇次の代わりに、亀蔵《かめぞう》が答える。

「十五か……。小僧に入《へえ》るのは、丁度《ちょうど》よい年頃だ。が、十五にしては少し小さくねえか？　腕っ節《ぷし》が強そうで、なかなか利《き》かん気みてェだが、背丈がよ……。おとっつァんの亮造は図体《ずうてえ》のでけェ男だったが、まっ、背丈はこれから追々《おいおい》に伸びるのかもしれねえやな……。どうでェ、小僧、おめえはおとっつァんのような海とんぼ（漁師）になれると思うか？」

勇次が唇を嚙《か》み締《し》め、弾五郎を睨《にら》みつける。

「おいら、小僧じゃねえ！　勇次というんだ！」

亀蔵とおりきが挙措《きょそ》を失う。

「これっ、勇次、親方に向かって、なんてことを言うんでェ！」

「申し訳ありません。勇次にはまだこちらの仕来《しきた》りが解《わか》っていないものですから……。勇次、竜龍ではね、勇次くらいの子は、皆、小僧と呼ばれるのですよ」

　すると、勇次はきっとおりきを睨めつけた。

「なんでだよ！　おいらにはちゃんと名があるんだ。今まで、おとっつァんやおっかさんにも、あすなろ園でも、小僧なんて呼ばれたことは一遍《いっぺん》もねえ！」

　弾五郎が苦笑《にがわら》いをする。

「なんと威勢《いせい》のよいことか……。おっ、おめえのその度胸《どきょう》だけは買ってやろうじゃねえか……。だがよ、いいか、竜龍に入《へえ》ったら、おめえは小僧だ！　名前《なめえ》で呼んでもらおうなんて、十年早《はえ》ェ……。だが、これから我勢《がせい》して、俺の目に適《かな》うようなら、もっと早く網子《あんご》として認めてやるかもしれねえ。いいか、それでも、おめえは辛抱《しんぼう》して俺についてくるというんだな？」

「…………」

「どうしてェ、返事は！」

　宰領《さいりょう》の待造《まちぞう》がどす声を上げる。

　勇次は悔《くや》しそうに両手を握り締め、身体をぶるぶると顫《ふる》わせた。

「おめえのおとっつァんだって、そうしてコツコツと我勢して、網子から自前《じめえ》と上《のぼ》り詰めていったんだからよ」

待造に言われ、勇次が驚いたように目を瞬《しばたた》く。

「おとっつァんを知ってるのか？」

「ああ、知っているも何も、亮造も小僧として竜龍に入《へえ》り、網子を経《へ》て自前《じめえ》の海とんぼとなったんだからよ。それだけじゃねえ……。おめえのおっかさんのおむらは竜龍でお端女《はした》をしていたんだからよ……。言ってみりゃ、親方が二人に所帯を持たせてやったようなもんでよ。その意味でも、おめえは竜龍に脚《あし》を向けて寝られねえのよ！」

「…………」

「待造、止《よ》すんだ！　餓鬼《がき》を摑《つか》まえてそんなことを言ったって、解りゃしねえんだからよ！　だがよ、小僧、おめえのおとっつァんは小僧のときから見込みのある男だったぜ。他の者が嫌《いや》がる仕事も率先《そっせん》してやってよ……。子《ね》に臥《ふ》し寅《とら》に起きるその根性《こんじょう》を、俺《おり》ャ、買ったんだからよ……。だから、同期じゃ、あいつが一番早く自前《じめえ》となったし、おむらを嫁に世話する気にもなったのよ……。どうでェ、おめえにそれが出来るかよ？」

弾五郎が勇次に目を据《す》える。

「ああ、出来る！　おいら、おとっつァんみてェな海とんぼになりてェんだ。だから、やってやる！」

　ほう……、と弾五郎が目を細める。

「親分、女将《おかみ》さん、この小僧を預かろうじゃねえか……。情が張って、些《いささ》か鼻っ張《ぱり》（虚勢《きよせい》を張る）なところがあるが、これから海の男になろうというんだ、そのくれェの勇《いさ》み肌のほうが末頼《すえたの》もしいのでな……。それに、このくれェの歳《とし》から叩《たた》き上げたほうがいい……。才造《さいぞう》のようにひと歳取って、上《あ》がり知らずの下《くだ》り土産《みやげ》（知ったかぶり）をされたんじゃ、他の者に示しがつかねえからよ……。見なよ！　あれから一年近く経《た》つというのに、終《つい》しか、土左衛門《どざえもん》が上がっちゃこねえ……」

　弾五郎のその言葉に、おりきはハッと勇次に目をやった。

　弾五郎もおりきの表情に気づいたのか、待造に目弾《めはじき》をする。

「おっ、小僧を他の者に紹介してやんな！」

「へっ……。おい、小僧、皆に挨拶《あいさつ》をするんだ！」

　待造が勇次を連れて奥に入って行く。

　亀蔵は勇次の姿が見えなくなると、ひと膝《ひざ》前に身を乗り出した。

「じゃ、親方のほうでも、手掛かりがねえと？」

「ああ、舟の残骸《ざんがい》でも上がらねえかと思ったが、それもなし……。まっ、あれからほぼ一年だ。海の藻屑《もくず》と化したと思ってよいだろうな……。ところで、お宅じゃ、才造の墓を建てなさったのかえ？」

弾五郎がおりきを瞠《みつ》める。

「いえ、それが……。亡骸《なきがら》があるわけでもないのに、墓を建てるのは嫌だと妹のおみのが言い張りますので……。けれども、そろそろ一年ですものね。やはり、区切《けじめ》をつけ供養《くよう》をしてやらなければ……」

おりきの胸がじくりと疼《うず》く。

おみのにしてみれば、墓を建てると才造の死を認めることになると思っているのであろう。

とは言え、胸の内では、才造がもう二度と戻ってこないと解っているのである。

だからこそ、おみのは才造が夢枕《ゆめまくら》に立ったと言ったのであろう。

これまでさんざっぱら才造に振り回されてきて、才造が三宅島《みやけじま》に島流しになったときにも、権八《ごんぱち》という男から才造は島で死んだと嘘《うそ》を吐《つ》かれたときにも夢枕に立つようなことはなかったのに、あの嵐の晩、嘗《かつ》て妹思いでいた頃の優《やさ》しい面差《おもざ》しをして、才造がおみのの夢枕に立ったとは……。

それ故《ゆえ》、おみのには才造がもうこの世の人でないと解ったのであろう。

が、そう覚悟していても、心のどこかに、才造が生きていることを願う気持が……。

おりきにも、おみのの揺《ゆ》れる心が手に取るように解った。

と言うのも、去年の盂蘭盆会《うらぼんえ》のことである。

おりきが妙国寺《みようこくじ》にお詣《まい》りすると、先代おりきの墓を中心に、善助《ぜんすけ》、とめ婆《ばあ》さん、三《さん》吉《きち》おきち兄妹《きようだい》の双親《ふたおや》、姉のおたかの墓と並んだ立場茶屋《たてばぢやや》おりきの墓所《はかじよ》の隅《すみ》に小石が二つ積み上げられていて、その前に竹筒《たけづつ》が埋《う》められ、木槿《むくげ》の花が一輪挿《さ》してあるではないか……。

そして、小石の上には消えかけた線香が……。

おりきはきやりとした。

まさか……。

おりきはハッと四囲《しい》を見廻《みまわ》し、おみのの姿を目で捜《さが》した。

咄嗟《とつさ》に、おみのの仕業《しわざ》だと思ったのである。

これがおみのの仕業でなくて、誰がこんなことを……。

ああ……、とおりきの胸が熱いもので覆《おお》われた。

これまで、才造の墓を建ててはどうかといくら勧《すす》めても頑《がん》として受け入れようとしなかったおみのが、新盆《にいぼん》を前にして、小石を二つ積み上げて才造の墓に見立て、ひっそりと手を合わせていたとは……。

恐らく、小石の下には、才造が生前身に着《つ》けていた、何かが埋められているのであろう。

が、敢《あ》えて、おりきはそのことをおみのに質《ただ》そうとしなかった。

自《みずか》ら口に出しておりきに打ち明けないということは、おみのの中で、まだ才造のことが咀嚼《そしゃく》しきれていないということ……。

ならば、現在《いま》はこのままにしておいて、時期をみて、小石ではなく、せめて墓標《ぼひょう》を立ててはどうかと勧めてみよう。

おりきはそんなふうに思っていたのである。

とは言え、来月に入れば、一周忌《むかわり》……。

やはり墓の件は、おみのと腹を割って話さなければならないだろう。

すると、弾五郎が他人事《ひとごと》のように言った。

「だが、供養するといっても、亡骸がねえんだしよ……。こう言っちゃなんだが、放っておけばいいのよ……。海や川で死んだ仏は、海蔵寺《かいぞうじ》の川施餓鬼《かわせがき》で皆一緒くたに弔《とむら》うことになっているからよ。まっ、投込塚《なげこみづか》にでも手を合わせておけば、それでいいのよ……」

が、突然、何か思い出したようで、改まったように、おりきと亀蔵に目を据えた。

「そう言ャ、才造が何かと面倒を見ていたという日本橋高砂町《にほんばしたかさごちよう》の経師屋《きようじや》のご新造《しんぞう》さんだがよ、亡くなったらしいぜ……」

「えっ、才造がせっせと魚を届けていたという？」

亀蔵が驚いたように言う。

弾五郎はふふっと含み笑いをした。

「そんなに驚くこたァねえ……。元々、あの女《おな》ごは胸を病《や》んで、本宅から爪弾《つまはじ》きされてたんだからよ……。才造はそれを憐《あわ》れんで、少しでも長生きをさせようと魚を届けていたらしいんだが、お端女の婆さんの話じゃ、才造が海で行方《ゆくえ》知れずになって一月《ひとつき》後、まるで、後を追うかのように息絶《いきた》えたとか……。それで、その婆さんがここを訪ねて来てよ……。才造という男《ひと》に世話になったので、猟師町《りようしまち》を離れる前《めえ》に、ひと言礼を言いてェというのよ。なんと、才造はてめえの住まいを女ごに教えていなかったらしくてよ……。それで、あの嵐の晩、才造が皆の止めるのを振り切り海に舟を漕《こ》ぎ出したきり、帰らぬ人となったと話してやると、婆さん、泣き崩《くず》れてよ……。やはり、そうでしたか……、あれ以来、才造さんが訪ねて見えないので、内儀《おかみ》さんが大層気にしていなさいましてね、もしかすると、才造さんは自分のために無理をしてしまったのではなかろうかと……、そう言ってよ……。聞くと、ご新造さん、あの嵐の晩を境《さかい》に、一気に衰弱《すいじやく》したらしくてよ。俺ャ、思ったぜ……。やっぱり、うちの男衆《おとこし》が言うように、あの二人は心が通じ合っていたんじゃねえかと……。仮にそうだとしたら、才造もただ犬死《いぬじ》にしたことにはならねえのじゃねえかと……。だって、そうだろう？　二人はあの世で一緒になれたんだからよ」

おりきの目に熱いものが込み上げてきた。

才造さん……。

胸の内でそう呟《つぶや》くが、それから後は言葉にならない。

おりきの頰《ほお》を、生温《なまぬる》いものがつっと伝った。

行合橋《ゆきあいばし》で亀蔵と別れ、旅籠《はたご》に戻ってみると、達吉《たつきち》と潤三《じゆんぞう》が何やら言い争《あらそ》っていた。

「何事です！　帳場の外にまで、声が漏《も》れているではないですか……」

「あっ、女将さん、よいところに戻って来て下さった！　いえね、明日《あした》お泊《と》まりの兜《かぶと》屋《や》が、急遽《きゆうきよ》、三名から六名に増えやしてね……。兜屋には浜木綿《はまゆう》の間を当てていたんだが、六名となると、一つ部屋ってわけにはいかなくなった……。それで隣の松風《まつかぜ》の間に尾張屋《おわりや》をと思っていたが、尾張屋には広間のほうに移ってもらうことにして、兜屋に浜木綿と松風を使ってもらうことにしたらどうかとあっしが言うと、潤三の奴が尾張屋はいつも松風の間と決まっているのだから、兜屋一行の半分を広間に移すべきだと言い張ってよ……。融通《ゆうずう》の利かねえ鉄梃親父《かなてこおやじ》とは、こいつのことよ！　兜屋は三月《みつき》に一度うちを利用してくれるし、来ると毎回、女中ばかりか板場衆《いたばし》にまで心付《こころづけ》を忘れねえ上客《じようきやく》だ……。それなのに、兜屋一行を一階と二階に切り離すなんて天骨《てんこち》もねえ……。ねっ、女将さん、どう思われやす？」

達吉が肝《きも》が煎《い》れたように言う。

「それで、潤三はどう思っているのですか？」

おりきが潤三を瞠める。

「あっしは……。大番頭さんは兜屋を上客と言われやしたが、それを言うなら、尾張屋はもっと上客……。だって、先代の頃から、尾張屋はうちを贔屓《ひいき》にして下さっていると聞きやしたからね。それに、尾張屋の旦那は松風の間を気に入って下さってるんだ……。あの部屋に入《へえ》ると、まるで我が家に戻ったような気がするといつも言われやすからね。しかも、急遽、三名から六名に増えたのは、兜屋の都合《つごう》でやすからね。もっと以前に解っていれば、続き部屋を用意することが出来たのに……。たまたま広間が空《あ》いていたからいいようなものの、広間までが塞《ふさ》がっていたら、目も当てられねえ……」

おりきは目をまじくじさせた。

潤三もいっぱしに自分の意見を言うようになったものではないか……。

潤三が旅籠の番頭に昇格して二月《ふたつき》……。

どうやら、日増しに自信がついてきたとみえる。

「二人の言い分は解りました……。理屈としては、潤三の言い分が理道《りみち》に合っているように思えます。それに、確か、此度《こたび》の兜屋の江戸行きは商《あきな》いではなく、お嬢《じょう》さまの縁組のためとか……。ねっ、潤三、兜屋からの文《ふみ》には、そう書いてあったのですよね？」

おりきがそう言うと、潤三がごた箱の中から兜屋からの封書を取り出す。

「へい……。なんでも、掛川藩《かけがわはん》江戸御留守居役《おるすいやく》嘉門孫十郎《かもんまごじゅうろう》さまの養女となられるそうで……。一旦《いったん》、嘉門さまの養女となり、それから掛川藩上屋敷に行儀見習、つまり、お女中に上がられるとありやすが、これは？」

潤三が首を傾《かし》げると、達吉が何やら複雑な表情をして、おりきをちらと見る。

「要《よう》するに、殿さまの側室《そくしつ》にってことなんでやしょ？　兜屋は武具商《ぶぐしょう》だから、一旦、武家の養女となり、それから大名屋敷って寸法で、まっ、商人《あきんど》の娘として鼻高《はなたか》々《だか》ってこと……。それこそ、先々《さきざき》、殿さまの子を生《な》せば、お世継《よつぎ》の生母ってこともあり得《う》る話でよ。あっ、そっか……。兜屋は当初三名だったのが六名に増えたってこたァ、箔《はく》をつけるために、急遽、従者《じゅうしゃ》を増やしたってことか！　ねっ、女将さん、それなら考えられやすよね？」

「…………」

おりきには、なんと言ってよいのか解らない。

確かに、そう考えれば、間際《まぎわ》になって宿泊客の数が増えたことに納得がいくのだが、常並《つねなみ》な縁組と違い、これは果たして目出度《めでた》いことなのかどうか……。

「大番頭さんが言うように、増えたのが従者だとすれば、広間に移してもよいのと違いやすか？　そうすれば、尾張屋にも顔が立つ……。ねっ、女将さん、そう思いやせんか？」

潤三がおりきの顔を覗《のぞ》き込む。

おりきは頷《うなず》いた。

「そうですね……。突然のことですもの、兜屋さまには二階の客間は早くから予約が入っていたと事情を話し、続き部屋が取れなかったことを詫《わ》びるより仕方がないでしょう。大番頭さんもそれでよいですね？」

「へい……。まっ、そうするよりほかありやせんね。じゃ、この話はこれで終《しめ》ェとして、勇次、どうでやした？　竜龍の親方に気に入ってもらえやしたか？」

「ええ。情が張って、些か鼻っ張なところがあるが、海の男になるなら、そのくらい勇み肌のほうが末頼もしい、と言って下さいましたよ」

「情が張って、鼻っ張って……。えっ、あいつ、何かやらかしたんで？」

おりきはくすりと肩を揺らした。

「それがね、親方が勇次のことを小僧と呼ばれたもので、勇次が、おいらは小僧じゃねえ、勇次というのだ、と気色張《けしきば》ったのですよ……」

「あの野郎……。親方に向かって、なんてことを！　さぞや、親方が気分を害されたんじゃ……」

達吉が苦虫《にがむし》を噛み潰《つぶ》したような顔をする。

「いえ、親方は大束《おおたば》な男《ひと》ですからね……。勇次の威勢のよさと度胸を買うとまで言って下さいましたわ。勇次も最初《はじめ》は誰でも小僧としか呼ばれないが、親方の目に適えば一人前に扱ってもらえると知り、納得したようでしてね……。なんと言っても、勇次の父親《てておや》も竜龍の小僧から始め、他人《ひと》の嫌がることを率先してやり我勢したからこそ、他の者よりいち早く自前となったことや、父親《てておや》と母親が所帯を持てたのは、親方の力添《ぞ》えの賜物《たまもの》ということを知ったことが、勇次にやる気を起こさせたようでしてね」

おりきがそう言うと、達吉が目を丸くする。

「えっ、そうなんでやすか！　へえェ……、勇次の双親は竜龍の親方の世話で一緒になったんだ。じゃ、ますます勇次は親方に脚を向けて寝られねえ！　親方がいなければ、あいつはこの世に生を受けなかったんだからよ……」

「わたくしも驚きましてね。やはり、勇次は竜龍に入る宿命《さだめ》にあったのでしょうね……。いずれにしても、勇次のことでは、ひと息吐きましたわ」

「あとは辛抱できるかどうかってことだけだ……」

「出来ますよ！　勇次なら、少々のことにはへこたれないと信じています……。今日もね、わたくしと親分が暇《いとま》を告げますと、もっと心細い顔をするのかと思っていた勇次が、あまりにもあっさりとした顔をしているので、なんだか拍子抜《ひょうしぬ》けしたような想《おも》いに陥《おちい》りましたのよ」

おりきはそのときのことを思い出し、苦笑《くしょう》した。

勇次はおりきたちが別れを告げると、じゃあな、と片手を挙《あ》げてみせただけで、これまで世話になったとも、あすなろ園の皆に宜《よろ》しく伝えてくれとも言わなかったのである。

別れを惜《お》しんでくしくしされるのも敵《かな》わないが、あんまりあっさりされると、それはそれで心寂《うらさみ》しいもの……。

せめて貞乃《さだの》にだけは、いや、卓也《たくや》、おせんにも宜しく伝えてくれと言ってもよいはずなのに、それすら、口にしなかったのである。

「まあな、それが子供ってもんでよ……。勇次の心は先へ先へと飛んでっちまってて、後《うし》ろを振り返《けえ》る余裕《ゆとり》がねえんだろうて……」

達吉がそう言うと、潤三が、そうだろうか……、と呟く。

「そうだろうかとは、どういう意味なのよ」

「いや……、勇坊《ゆうぼう》の寂《さみ》しさはこれからやってくるんじゃねえかと思って……。恐らく、現在《いま》は気が張っていて、寂しいなんて思う心の余裕もねえが、小僧としての暮らしが始まって、どしめかれたり、やりくじりをしたりして初めて、これまで自分がどれだけ周囲《まわり》の者に庇護《ひご》されてきたかを知ることになる……。堪《たま》らなくあすなろ園を懐《なつ》かしく思ったり、皆に逢《あ》えねえのを寂しく思うのは、それからでやすよ……。俺も初めて奉公に出されたときにそうだったから、解るんだ……」

「潤三が初めて奉公にあがったのは、堺屋《さかいや》ではなかったのですか？」

おりきは言いながら、そう言えば、潤三の生《お》い立ちのことをあまり聞いていなかったことに気づいた。

「ああ……、あっしは早くに双親を亡くし、親戚に預けられて育ったんだけど、十二のときに、乾物屋《かんぶつや》に奉公に出されやしてね……。そこで小僧をしてたんだが、あるとき、取り引きのあった堺屋の番頭さんに声をかけられやして……」

「それで、堺屋に……。そして、堺屋にいたおめえに声をかけたのが、この俺ってことか……。まっ、おめえの働きぶりを見ると、誰であろうと手許《てもと》に置きたくなるよな？　いい例が、田端屋《たばたや》のご隠居だ！　あの男《ひと》もおめえを引き抜こうとしたんだもんな……。そう言ャ、田端屋のご隠居、先日の夕餉膳《ゆうげぜん》を大層悦《よろこ》んで下さり、これからはちょくちょく顔を出すとまで言って下さり、ようございましたな……。そればかりか、加納屋《かのうや》の旦那までが、これからは三月《みつき》に一度、真田屋《さなだや》、田端屋、加納屋の三人で、板《いた》頭《がしら》の料理を食べる会を催《もよお》そうじゃねえかと……。あっしはつい三婆《さんばば》の宴《うたげ》を思い出してしめェやしたぜ」

「三婆の宴……。そう言えばそうでしたわね。おふなさんが亡くなられて三年……、確か、亡くなられたのが十月でしたので、そう、二年と五月《いつつき》が経つのですね……」

おりきが感慨《かんがい》深そうに指を折る。

「いや、田澤屋《たざわや》のご隠居が亡くなった後、七海堂《ななみどう》のご隠居の声かけで、おふなさんの代わりに田澤屋の内儀《おかみ》さんが加わって、三婆の宴が開かれたじゃねえですか……」

「そうでした、そうでした！　久々の三婆の宴で、おふなさんの陰膳《かげぜん》を用意しましたわね……。けれども、その七海堂のご隠居さままでが亡くなられて……」

おりきが辛《つら》そうに肩息《かたいき》を吐く。

「以来、三婆の宴は立ち消えとなっちまって……。そう言えば、堺屋の未亡人のお庸《よう》さんの姿をここのところ見掛けやせんね。まさか、病《やまい》に臥してるってことでは……」

達吉が気遣《きづか》わしそうな顔をする。

「さあ、わたくしは何も聞いていませんのよ。けれども、こうして親《した》しくしていただいていた方が、一人減《へ》り二人減りしたのでは、寂しくて堪りません……」

「去って行く者もいれば、田端屋や加納屋といった新しき出逢《であ》いもある……。まっ、それが生きるってことなんだが、そう思うと、そのときどきの出逢いを大切《てえせつ》にしなきゃならねえってことでやすね……」

達吉がしみじみとした口調《くちよう》で言う。

すると、潤三が改まったようにおりきを見た。

「あのう……、差し出がましいと解って言わせてもれェやすが、あっしが三婆の宴を再開できねえものかどうか、堺屋の内儀《おかみ》さんに訊《き》いてみやしょうか？」

「三婆の宴を再開といっても、現在《いま》ではお庸さんと田澤屋の内儀《おかみ》さんの二人しかいないのですよ」

おりきが訝《いぶか》しそうな顔をする。

「そうでェ、三婆じゃなくて、二婆《にばば》なんて様《さま》にならねえからよ！」

達吉が眉根《まゆね》を寄せる。

「ええ、ですから、七海堂の旦那、金一郎《きんいちろう》さんの内儀《ないぎ》に声をかけてみるんでやすよ。金一郎さんの歳からみて、七海堂の内儀《おかみ》さんは田澤屋の内儀とさして歳が違わねえんじゃ……。それに、田澤屋でも、ご隠居の跡《あと》を継《つ》いで内儀《おかみ》さんが三婆の宴に出たほどだから、七海堂もご隠居の跡を受けた形で金一郎さんの内儀が出てもおかしくはねえと思いやすが……」

「確かに……。言われてみると、そりゃそうだ……。だが、金一郎さんの内儀《おかみ》さんとは面識がねえんだぜ？　しかも、金一郎さんがそう再々《さいさい》うちに来られるわけでもねえ……。誰が話を持ちかけるというのよ」

達吉が渋《しぶ》い顔をする。

「あっしに考えがありやす……。ここはひとつ、甲羅《こうら》を経た堺屋の内儀《おかみ》さんにひと役買ってもらいやしょう……。まず、あっしが堺屋の内儀《おかみ》さんに話を持ちかけてみやす。それで、もしも内儀《おかみ》さんが賛同《さんどう》して下さるようなら、内儀《おかみ》さんから七海堂に話してもらいやしょう……。仮に、堺屋の内儀《おかみ》さんがあまり乗り気でねえとしたら、この話はそれで立ち消えやすが、試《ため》してみるだけのことはあるのじゃねえかと……。いずれにしても、宴が催されるとすれば、四月以降のことでしょうから、まだ、たっぷりと日にちがありやすからね……。暇をみて、あっしが田澤屋を訪ねてみやすよ」

潤三は委《まか》せておけといった顔をした。

正《まさ》な話、おりきは潤三の度胸のよさに驚いていた。

謙虚《けんきょ》そうに見え、この思い切りの良さ、押しの強さはどうだろう……。

達吉もそう思ったのか、おりきの顔色をちらと窺《うかが》う。

おりきは頷いた。

「ええ、いいでしょう。潤三のやりたいようにやってみるとよいでしょう」

「さあて……、上手《うま》くいくかどうか、こりゃ見ものだぜ！　ひとつ、潤三のお手並《てなみ》拝見《はいけん》といこうじゃねえか！」

達吉がちょっくら返したように言う。

おりきは満足そうに微笑《ほほえ》んだ。

どちらにしたって、嬉《うれ》しい話ではないか！　三婆の宴が再開されるということは、現在《いま》は亡き、おふなや七海のことを思い出させてくれ、三婆の宴が互いに嫁へと引き継がれていくことになるのであるから……。

それに何より、潤三が見せてくれた、この舵取《かじと》りはどうだろう……。

達吉とはまた違った宰領ぶりを見せてくれたことで、おりきはほっと安堵《あんど》したのだった。

潤三がいれば、立場茶屋おりきは三代目女将おきちの代になっても、まずけ安泰《あんたい》……。

おりきは頼もしそうに潤三を見た。


立場茶屋おりきの前に四ツ手（駕籠《かご》）、四ツ手、法泉寺《ほうせんじ》駕籠、大名《だいみよう》駕籠、四ツ手、四ツ手と六台の駕籠が停《と》まると、往来を歩く人々が一斉《いつせい》に脚を止め、茶屋の中からも物珍《ものめずら》しそうに客が出て来て、一体何事だろうか、と目を皿のようにしているではないか……。

下足番見習《げそくばん》の末吉《すえきち》が表の気配に気づき、大慌てで帳場に知らせに走る。

「大番頭さん、番頭さん、大変《てえへん》でやす！」

「なんだろうね、大声を出して……」

達吉が苦笑する。

「たった今、駕籠が六台《ろくでえ》も……。しかも、四ツ手じゃなくて……、いや、四ツ手もあるんだが大名駕籠が……」

末吉が通路の外を指差す。

あっと、達吉はおりきと潤三に目まじした。

「兜屋さんがお着きになられたようでやす」

「解りました。潤三、お出迎えを頼みましたよ」

おりきはそう言うと、女中たちに声をかけた。

「皆さん、粗相《そそう》のないようにお願いしますよ」

おうめを先頭に、女中たちが一斉に玄関口に勢揃《せいぞろ》いする。

すると、兜屋三左衛門《さんざえもん》が先頭に立ち、その後に四十路《よそじ》過ぎの女ごに手を引かれた三左衛門の息女《そくじょ》と思えるうら若き女ごが続き、そして、いずれも番頭格と思える男が三人、通路を入って来たではないか……。

「これは兜屋さま、道中お疲れさまにございます」

達吉と潤三が一行を玄関に招き入れ、式台《しきだい》の前に一列に並んだ女中たちが頭を下げる。

おりきはひと膝前に躙《にじ》り寄ると、三つ指をついて挨拶をした。

「お待ち申し上げておりました。長旅、さぞやお疲れになったことでしょう。まずは、お部屋でゆっくりとお寛《くつろ》ぎ下さいませ。吾平《ごへい》、末吉、お濯《すす》ぎを……」

「やっ、世話になりますぞ……。此度は娘同道《どうどう》とあって、こちらに何かと気遣わせることもあろうが、ひとつ宜しくお頼みしますぞ。確か、従者が増えたことを前もって知らせていると思うが……」

「はい。伺《うかが》っております。ですが、何しろ突然のことで続き部屋が取れませんで、三名さまが一階の広間ということになりますが、それで勘弁《かんべん》していただけないでしょうか……」

「なに、それは構わない。当初は三名といっていたのでな……。それに、あたしと娘、侍女《じじょ》の他は、うちの男衆だ。女将、これがあたしの自慢の娘、薫子《かおるこ》でしてね」

侍女が薫子と呼ばれた娘の綿帽子《わたぼうし》を脱《ぬ》がせる。

娘は文金高島田髷《ぶんきんたかしまだまげ》に水晶《すいしょう》の笄《こうがい》、金蒔絵《きんまきえ》の櫛《くし》、花簪《はなかんざし》を挿《さ》していて、それだけでも目映《まばゆ》いばかりというのに、何より皆の目を奪ったのは、その麗《うるわ》しさだった。抜けるように白い肌に、黒目がちの円《つぶ》らな瞳《ひとみ》、熟《う》れた桃《もも》を想わせるふっくらとした唇……。

瞬《まばた》きをすると、その長い睫毛《まつげ》からばさりと音が洩《も》れてきそうである。

おりきばかりかその場にいた全員が、薫子の美しさに息を呑《の》んだ。

「薫子にございます……」

なんと、その声たるや、春告鳥《はるつげどり》かと思うほどの、澄《す》んだ声……。

「女将のおりきにございます。改めて、お部屋のほうに挨拶に上がりますので、さあ、どうぞお上がり下さいませ……」

おりきはそう言うと、一旦、帳場に下がった。

そうして四半刻《しはんとき》（三十分）ほどすると、次々に泊まり客が到着して、最後が岡崎《おかざき》の味噌《みそ》問屋、尾張屋助左衛門《すけざえもん》の到着……。

「これは尾張屋さま、お久し振りにございます」

おりきが玄関口で頭を下げると、助左衛門は通路のほうを指差し、訝しそうに訊《たず》ねた。

「大名駕籠や法泉寺駕籠が通路に停まっているが、あれは？」

「ああ、お泊まりのお客さまの駕籠ですの……」

「大名が泊まっているのか？」

「いえ、そういうわけでは……」

おりきは言葉を濁《にご》した。

「まっ、訊ねたところで、女将が客のことをぺらぺら喋《しゃべ》るわけにはいかないよな……。だが、駕籠があるということは、えっ、供《とも》の者や六尺《ろくしゃく》（駕籠舁《か》き）たちもここに泊まってるってことなのか？」

「いえ、供の方はお泊まりですが、六尺たちは他の宿に……」

「そうかえ……。じゃ今宵《こよい》は立場茶屋おりきは席の暖まる暇がないほどの忙しさということか……。まっ、あたしのことはあまり気を遣《つか》わなくていいですからね」

助左衛門が洗足《せんぞく》を済ませ、式台に上がって来る。

「お部屋はいつも通り、松風の間をご用意してありますので……。おみの、さっ、ご案内を！」

「いつも気扱《きあつかい》をしてくれて有難《ありがと》うよ。あたしはどうもあの部屋でないと気が安まらないのでね……」

助左衛門はおりきに目弾《めはじき》すると、階段を上がって行った。

やれ、これで今宵の泊まり客すべてが到着したわけである。

おりきは帳場に戻ると、挨拶用の着物に着替えた。

刻《とき》は七ツ半（午後五時）を廻った頃で、そろそろ湯から上がった客が丹前《たんぜん》に着替え、夕餉膳の席につく頃である。

「女将さん、宜しいでしょうか？」

帳場の外から声がかかり、おうめがそろりと障子《しょうじ》を開ける。

「どうしました？」

おうめが困《こう》じ果てた顔をしている。

「…………」

おりきは小首を傾げた。

大概《たいがい》のことは自分の判断で切り抜けるおうめが、これは一体どうしたことであろうか……。

「浜木綿の間のことなんですが……」

「兜屋さまがどうかしましたか？」

「それが、お嬢さまが夕餉膳を従者と一緒に食べるのでなければ、今後一切《いっさい》、自分は食事を摂《と》らないと言い張られまして……」

「六名が一緒にということですか？」

「ええ。眠るのは別々でも構わないが、今宵は最後の晩だから、どうしても、皆で一緒に食べたいと……」

「それで、旦那さまはなんと……」

「弱りきった顔をなさっていましてね……。それで、あたし、訊ねたんですよ。浜松《はままつ》からの道中で、これまで他の宿場《しゅくば》ではどうなさったのですかと……。そうしたら、これまでも供の者とは別々だった、と言われるではないですか……。それで思うに、これまでは別々でもよかったが、品川宿《しながわしゅく》は江戸入り前の最後の宿場ですからね。明日、掛川藩江戸御留守居役宅に上がれば、店衆《たなし》とは二度と逢えなくなる……。それで、せめて今宵の夕餉膳だけでも共にしたいと、そう思っていらっしゃるのではないかと……」

成程《なるほど》、おうめの推測は当たっているかもしれない。

「もしも、旦那さまがそれでよいと言われれば、そうさせてもらってもいいですか？」

おうめがおりきを窺う。

「ええ、旦那さまがお許しになるのであれば、わたくしどもでは構いませんよ……。けれども、浜木綿の間で六名というのは少し狭《せま》すぎます……。そうなると、夕餉膳だけは広間でということになりますが、それで構わないかどうか旦那さまに確かめ、それでよいとおっしゃれば、広間に六人分の膳を仕度《したく》して下さいな」

「はい。解りました」

おうめが客室に戻って行く。

そこに達吉が姿を現した。

「なんだか、浜木綿の間が揉《も》めているようでやすが……」

「ええ、おうめから聞きました。けれども、夕餉膳を一緒にというのであれば、それでよいではないですか」

「ええ、まっ、ねっ……」

達吉が奥歯《おくば》にものが挟《はさ》まったかのような言い方をする。

「何か気になることがあるのですか?」

「いえね、これはあっしの勘《かん》なんだが、あの娘、どうやら従者の中の一人に気があるようで……」

えっと、おりきは目を瞬いた。

「それはどういうことなのですか？」

「三人いた男の中で、ほれ、他の男より頭一つ分背の高《たけ》ェ男がいやしたでしょう？　なかなかの雛男《ひなおとこ》で、目鼻立ちのはっきりとした……」

「さあ……」

おりきが首を傾げる。

正な話、薫子の美しさに目を奪われてしまい、従者の顔など目に入っていない。

「とにかく、いるんでやすよ……。武具商の番頭にしておくのが惜しいほどの男が……。それで、あっしは見たんでやすよ。旦那や娘が二階の階段を上がり、男衆が広間へと向かおうとしたとき、男が振り返りやしてね……。それで、思わず男の視線を追ったところ、娘がその男を愛《いと》しそうに見下ろしているじゃありやせんか！　あっしはピンと来やしたね……。ははァん、この二人は慕《した》い合ってるなと……」

「まさか……。仮にそうだとすれば、何ゆえ、兜屋の旦那さまはその男《ひと》を従者におつけになったのでしょう……。普通に考えれば、極力《きょくりょく》、娘からその男《ひと》を遠ざけようとするのではありませんか？」

「だから、知らぬは旦那ばかりってことなんじゃ……」

「では、他の者は気づいているというのですか？」

「さあ……。気づいているのかどうかは解りやせんが、仮に気づいていたとしても、兜屋にしてみれば、此度の縁組は福徳《ふくとく》の百年目みてェなもの……。お店《たな》のことを思うと、お嬢さんと店衆といったお月さまに石打《いしうち》（身の程知らず）みてェな取り合わせに諸手《もろて》を挙《あ》げるわけがねえ……。だから、知っていて知らんぷりをしているんでやすよ！」

「達吉、それはおまえの推測ですよね？ いいから、人前で決してそんなことを言うものではありませんよ」

「言いやせんよ！ 女将さんだから言ったんじゃありやせんか……」

そこに、おうめが戻って来た。

「旦那さまが広間で夕餉膳を摂ることを許して下さいましたんで、急いで仕度を致します」

「そうですか。では、広間への挨拶は一番最後に廻すことにしましょう……。それで、二階の客間にはもう先付《さきづけ》が出たのでしょうね？」

「はい。浜千鳥の間、磯千鳥《いそちどり》の間、浜木綿《はまゆう》の間と出ました。松風の間は、ただ今、尾張屋さまが湯殿《ゆどの》に行かれていますので、まだですが……」

「解りました。では、広間のことを頼みましたよ」

おりきはそう言うと、客室に挨拶をするために階段を上って行った。

浜千鳥の間、磯千鳥の間、浜木綿の間と挨拶をして廻り、二階の客間で残るのは、松風の間だけである。

助左衛門は湯から上がり、先付を肴《さかな》に一献《いっこん》傾《かたむ》けているところだった。酌《しゃく》をするのは、おみのである。

おりきが座敷に入ると、助左衛門は傍《そば》に寄れと手招きをした。

「たった今、おみのから聞いたのだが、位牌師《いはいし》の後添《のちぞ》いに入ったおまきが、赤児《やや》を死産したんだって？　あたしは久しくここに顔を出していなかったものだから、おまきに赤児《やや》が出来たことも知らず、驚いてしまいましたよ」

「そうですよね。確か、尾張屋さまがこの前ここに見えたのが、おまきに春次《はるじ》さんとの縁談が上がったばかりの頃……。生さぬ仲の子が四人もいる男に嫁《とつ》がせて大丈夫なのかと頻《しき》りに案じておられましたものね……。すると、ほぼ三年もお見えになっていなかったのですね……。お久しゅうございます。それで息災《そくさい》にしておられました？」

「ああ、息災は息災だったのだが、実は、あたしのところでも、嫡男《ちゃくなん》の嫁取りがありましてね……」

「まあ、それは祝着至極《しゅうちゃくしごく》にございます」

「ああ、やっと……。やっと、その気になってくれましてな。何しろ、三十路半《みそじなか》ばになっても一向《いっこう》に縁談に耳を傾けてくれないものだから、こいつはもしかして女ごに興味がないのではなかろうかと案じていたところ、三年ほど前に雇《やと》い入れたお端女に関心を示しましてな……。あの者なら嫁にしてもよい、おとっつァんがいくら勧めようとも他の女ごには関心がない、と言い張り、弱りましたよ……。何しろ、相手は十八の小娘で、父親《てておや》は樽《たる》職人なのですからね。しかも、店衆がいるというのではなく、父《てて》親《おや》が一人で細々と樽を作っているのですからね……。まっ、腕はよいのだろうが、かと言って、尾張屋の嫁にそんな娘を貰《もら》えるわけがない……。それで、なんとか諦《あきら》めさせようと、あの手この手と手を打ったのだが、娘のお腹に赤児《やや》が出来たものだから、認めざるを得なくなりましてね……。が、現在《いま》では良かったと思っていますよ。心根《こころね》の優しい女ごで、声がまたうっとりとするほど美しくてね……。去年の十月に赤児《やや》が生まれたのだが、嫁が孫に子守唄《こもりうた》を歌っていると、つい、周囲《まわり》の者が聴《き》き惚《ほ》れてしまうほどでしてね……。実はね、息子が嫁に惚れ込んだのも、その声だというではないですか！　奉公したばかりの頃、洗濯をしながら童唄《わらべうた》を口ずさんでいるのを耳にして、天女《てんにょ》の声かと耳を疑ったのだとか……。あんな声の持ち主に心根の悪い女ごはいないと、その瞬間、嫁にするのはこの女ごしかいないと心に決めたとか……。ねっ、莫迦《ばか》な男でしょう？　嗤《わら》ってやって下さいな！」

助左衛門はそう言うと、あっこれはどうも、手前味噌《てまえみそ》なことを……、と肩を竦《すく》めた。

「それはお目出度うございます。では、やっと尾張屋さまもお祖父《じい》さまになられたのですね。それで、どちらでしたの？」

「男の子でした」

「まあ、それはそれは、お目出度続きなことで……」

「ああ、これで跡継《あとつぎ》が出来て、ひと安心だよ。だが、おまきは可哀相《かわいそう》なことをしたね……。生さぬ仲の子が四人いるといったところで、おまきにしてみれば、やはり、我が腹を痛めた子が欲《ほ》しかっただろうからよ……。考えてみると、おまきという女ごはよくよく不運な女ご……。油屋《あぶらや》の旦那に体《てい》よくおさすり（表向きは下女、実は妾《めかけ》）として弄《もてあそ》ばれ、挙句《あげく》、一緒に逃げた幼馴染《おさななじみ》の男には有り金すべてを奪われ、立場茶屋おりきに置き去りにされたんだもんな……。唯一《ゆいいつ》、おまきに運があったとすれば、置き去りにされた場所が立場茶屋おりきだったということ……。おまきは女将がいたからこそ茶立女《ちゃたておんな》として立ち直ったのだからよ」

「その節は、尾張屋さまに油屋との間に入っていただき、お陰さまで穏便《おんびん》にことを収めることが出来ました……。あの場合、尾張屋さまでなければ、あのように円《まる》く収まらなかっただろうと思います」

「なに、乗りかかった船ですよ……。何しろ、悠治《ゆうじ》という男に尾張屋から紹介状を貰ったと騙《かた》られたのですから、あたしが知らぬ存ぜずでは済まされませんからね……。立場茶屋おりきは尾張屋の紹介というから、あの男を信用したのだろうし、あたしが何ゆえおまきが油屋の金を持ち出したのかを知ったからには、動かないわけにはいかないではないか……」

「お力添え有難うございました。現在《いま》のおまきがあるのも、すべて尾張屋さまのお陰にございます」

「そのおまきが現在《いま》は位牌師の後添いとなり、四人の子の義母《はは》だとはよ……。それで、おまきは幸せに暮らしているのかい？」

「ええ、赤児《やや》は亡くなりましたが、四人の子供たちとは仲良くやっているようです」

「そうか、そいつは良かった……」

助左衛門が目を細める。

おまきが悠治に置き去りにされ、品川の海に身を投じようとしたところを救ったおりきは、岡崎の尾張屋に文を出し、小間物屋油屋丑蔵《うしぞう》のことを探《さぐ》ってもらった。

と言うのも、おまきは悠治に唆《そそのか》されて見世《みせ》の金八十両を持ち出していたからで、もしかして丑蔵がおまきのことを奉行所に訴《うった》え出ていたらと案じたからである。

助左衛門はすぐさま動いてくれた。

すると、元々、おまきの父親《ておや》が丑蔵に借りていた金は十両ほどのもので、それなのに、丑蔵は五年もの間おまきをおさすりとして扱《こ》き使ってきたというではないか……。

助左衛門はおまきを妾と考えるのなら、八十両では下直《げじき》すぎよう、お端女として考えても、この五年、鐚銭《びたせん》一枚渡していないのは、どういう了見《りようけん》かと迫《せま》った。

「なんなら、後腐《あとくさ》れなしに、出るところに出たっていいんだぜ。おまきも自分の犯《おか》した罪を償《つぐな》うほうが、いっそすっきりするかもしれねえ。が、御奉行にも心があろう。果たして、八十両を丸々おまきが盗《ぬす》んだと裁断《さいだん》されるだろうか……」

助左衛門の言葉に丑蔵は色を失った。

助左衛門は更《さら》にたたみかけた。

「おまえさん、裏の商いで阿漕《あこぎ》なことをやっていなさるようだが、現在《いま》、お上《かみ》に入られては困るんじゃありませんかな」

「解った。では、この件はなかったことにしよう。だが、このまま引き下がるのは、あの小娘にしてやられたようで、なんとしても口惜《くちお》しい。そうだ、おまきの父親《てておや》に貸した十両だけは返《けえ》してもらおうじゃねえか。だったら、黙って引き下がろう」

丑蔵はそう言ったという。

十両はその場で助左衛門が肩代《かたが》わりしてくれた。

が、それで済まされるわけがない。

おりきは即座《そくざ》におまきに十両を託《ことづ》けると、岡崎に発《た》たせた。

下女の給金は、凡《およ》そ年一両二分……。

尾張屋に肩代わりしてもらった十両を、おまきが尾張屋に奉公して返す気があるならば、七年ほどで返せる額である。

その場合は、おまきに託けた金を金飛脚《かねびきやく》で送り返してくれればよい。

けれども、仮に、おまきが品川に戻ってきたいと思うのであれば、世話になった助左衛門に礼を尽くし、身も心も新《あら》たになって戻っておいで……。

おまきにはそう言っておいたのである。

すると、おまきはおりきの許《もと》に戻って来た。

そうして二年半ほど前、春次という位牌師の後添いになったのである。

おりきと助左衛門がおまきのことを話していると、おみのが八寸《はっすん》を運んで来た。

八寸は手付信楽鉢《てつけしがらきばち》に盛られていて、柚子釜《ゆずがま》、三色団子《さんしょくだんご》、飯蛸《いいだこ》の含め煮《に》、小鯛《こだい》の手毬《てまり》寿司《ずし》、焼鱲子《やきからすみ》、菜《な》の花で、花弁百合根《はなびらゆりね》が散らしてある。

「おう、こいつは美味《うま》そうだ！」

助左衛門が目を輝かせる。

「では、ごゆるりと召し上がって下さいませ。後ほど、お薄《うす》を点《た》てに参りますので……」

おりきは深々と頭を下げると、松風の間を後にした。


広間にも、八寸が運ばれたばかりのところであった。

床の間を背に、兜屋三左衛門と娘の薫子が坐《すわ》り、三左衛門の右脇に、大番頭らしき男と三十路半ばの男が……。

そして薫子の左脇に、侍女とやはりこちらも三十路半ばと思える男が坐っている。

すると、達吉が言っていた男は侍女の隣に坐った男なのであろうか……。

成程、目許《めもと》涼《すず》やかで凜々《りり》しげな、なかなかの雛男ではないか……。

おりきが挨拶の口上《こうじょう》を終えると、三左衛門がおりきを手招きする。

おりきが、では、失礼を……、とそろそろと傍に寄って行くと、三左衛門はまるで宝物でも自慢するかのように鼻蠢《おごめ》かせた。

「どうですかな？　うちの楊貴妃《ようきひ》は……。鳶《とび》が鷹《たか》を生んだとは、まさにこのこと！　鬼瓦《おにがわら》から釣《つ》りを取るような顔をしたこのあたしに、こんな絶世《ぜっせい》の美印《びじるし》（美人）が生まれたのですからな……。薫子の評判は尾張、遠江《とおとうみ》あたりの東海方面に轟《とどろ》いていましてな……。そのため、十五の頃から、あっちからもこっちからも嫁入り話がひっきりなしの有様《ありさま》で……。だが、冗談じゃない！　そんじょそこらの商家に大切な娘をくれてやるわけにはいきませんからな。ところが、此度は武家からの申し出だ……。掛川藩の殿さまがどこで薫子のことを見初《みそ》められたのか、是非《ぜひ》にもお側《そば》にということでな……。正室《せいしつ》ではないが、お世継でも生《な》せば、武具商の兜屋にしてみれば、ぼた餅《もち》で叩かれたようなものですからな……。それで、江戸御留守居役嘉門さまの養女という形で、名前もかおるから薫子に換《か》えたわけでしてね……。お武家らしい、良い名前でしょう？」

三左衛門が蕩《とろ》けそうな目をして、薫子を瞠める。

が、おりきはおやっと思った。

薫子が眉《まゆ》ひとつ動かそうとしないのである。

何を言われても無表情で、まるで蠟《ろう》のように、冷たい面差しをしているではないか……。

そして更に驚いたことに、薫子ばかりか、侍女も大番頭も三十路半ばの男衆までが、一様《いちよう》に無表情なのである。

黙々と箸《はし》を動かし、料理が美味いのかどうなのか、その反応すら窺えないのだった。

これは一体どうしたことなのだろう。

おりきはその場の気まずい雰囲気を和《なご》ませようと、けれども、お嬢《かこ》さまと明日でお別れとは寂しくなりますわね？　今宵、最後に皆さまで夕餉膳を囲まれると聞き、わたくし、胸を熱くいたしましたのよ、と言った。

ところが、それにも、なんら反応なし……。

三左衛門だけが、カッカと肩を揺らした。

「寂しいかだって？　滅相《めっそう》もない！　女ごは生まれ落ちたときから、いつかは親元を離れていく宿命《さだめ》にあるのですからね。ろくでもない男に娘を奪われることを思えば、薫子は兜屋にとてつもない先への光明《こうみょう》を残していってくれるのですからな……。ああ、あたしはなんという果報者《かほうもの》だろうか！」

おりきは薫子に目を据えた。

「お嬢さま、お幸せになって下さいませね」

たったそれだけの短い言葉であったが、薫子はそのときだけ、驚いたようにおりきを瞠めた。

「………」

が、何か言いたげな表情を見せただけで、薫子はつと目を伏せた。

相変わらず、広間の中には男衆が食べ物を食べる音だけが響《ひび》き、息苦しい。

「続いて、向付《むこうづけ》、焼物《やきもの》と出て参りますので、皆さま、どうかごゆるりと召し上がって下さいませ」

おりきはそう言うと、辞儀をして広間を辞そうとした。

すると、侍女の隣に坐った男が、ハッとおりきを見た。

「何か？」

「いえ、何もかもが美味《おい》しいです。有難うございます」

それは消え入りそうな声だった。

おりきは頷くと、では失礼を……、と言い広間から出て行った。

帳場に戻ると、達吉が待ってましたとばかりに訊ねてくる。

「それで、どうでやした？」

「仲睦《なかむつ》まじく食べてやした？」

なんと、潤三までが、興味津々《きょうみしんしん》……。

「まあ、潤三までがそんなことを……」

おりきが苦笑《にがわら》いする。

「ええ、旦那さまはご機嫌《きげん》のようでしたわよ」

「娘のほうは？　娘が男衆と夕餉を共にと言い出したんだから、嬉しそうな顔をしていたんじゃ……」

「さあ……、どうでしょう。嬉しいのかどうなのか……。旦那さま以外はどなたも口を開こうとなさいませんので、わたくしには解りかねますわ」

「誰も口を開かねえって？　なんでェ、それは……」

達吉が訝しそうに潤三と顔を見合わせる。

「やっぱり、大番頭さんの思い過ごしじゃ……」

「てんごうを！　思い過ごしなんかであるもんか……。あのときの娘と番頭の粘《ねば》っこく絡《から》んだ視線……。あれは心底尽《しんていず》くになった者同士が交《か》わす視線……。俺ャ、てめえじゃそっちのほうはからきし駄目だったが、不思議と他人《ひと》のことには敏感でよ……。先代が兆治《ちょうじ》って板前と理《わり》ない仲になっていたことも、一時期、おまきが板頭にほの字だったことにも気づいたし、その板頭がおまきには目もくれず、女将さんと相思《そうし》の仲だということにも気づいたんだからよ！」

えっ、と潤三が目をまじくじさせる。

「女将さんと板頭が相思の仲だって！　えっ、そうなんでやすか……」

「おめえ、気づいてなかったのかよ……。女将さんと巳之《みの》さんのことに気づいてねえのは、旅籠衆《はたごし》じゃおめえくれェなもんだぜ！　まっ、末吉の藤四郎《とうしろう》も気づいちゃねえだろうがよ……」

おりきが慌てる。

「大番頭さん！　余計《よけい》なことをいうものではありません。わたくしにとって板頭は大切な男《ひと》です。ですが、達吉、潤三、おまえたちも大切な男《ひと》……。それに、誰が誰のことを想おうとよいではないですか……。ですから、この話はこれで終いです。いいですね？」

「へい」

達吉が潮垂《しおた》れる。

ところが、兜屋の話はそれでもう立ち消えたのかと思ったら、そうではなかった。

おりきが二階の客室にお薄を点てて廻り、松風の間の番となったときである。

助左衛門がおりきの顔を見ると、よいところに来たとばかりに、女将、あの大名駕籠の主《ぬし》は浜松の兜屋なんだね？　と声をかけてきたではないか……。

「女衆《おなごし》の誰かが話したのですか？」

おりきは困じ果てた顔をした。

日頃から、女中たちにはお客さまの詮索《せんさく》をしてはならないと口が酸《す》っぱくなるほど言ってきたのである。

「いや、女衆から聞いたのではないんだ。それがよ、厠《かわや》に立ち部屋に戻ろうとすると、浜木綿の間から兜屋の旦那と娘らしき女ごが出て来たじゃないか……。向こうはあたしのことに気づかなかったようだが、あたしはあの男とは面識がありましてね。それで、娘の顔をひと目見て、ははァん、これが東海方面で名だたる美女、かおるという娘か、と思ったのですよ……。実際に娘を見るのは此度が初めてなのだが、聞きしに違《たが》わぬ弁天《おべん》（美人）なので、思わず見とれてしまってよ！　それでピンと来ました。通路に置いてあった大名駕籠から推《お》し測《はか》るに、噂《うわさ》はやはり本当だったのだなと……」

おりきが助左衛門に利休饅頭《りきゆうまんじゆう》を勧める。

「どうぞ……。それで、噂と申しますと？」

助左衛門が黒文字《くろもじ》で利休饅頭を半分に割る。

「あの娘、此度、掛川藩の上屋敷に行儀見習として入ることになったとあちこちで噂されてましてね……。なに、行儀見習とは名ばかりで、娘の美貌《びぼう》を聞きつけた藩主が、是非にも側室にと江戸御留守居役に命じたそうで、兜屋にしてみれば、こんなに目出度い話はない……。それで一も二もなく承諾したというのよ。何しろ、これからは浜松ばかりか掛川でも幅を利かせることが出来るのだからよ……」

「本当に、見目《みめ》麗しいお嬢さまでしたわ。さっ、お薄を……」

おりきが茶碗《ちゃわん》を助左衛門の前に置く。

助左衛門はズズッと美味そうにお薄を啜《すす》った。

「ご自分でも鳶が鷹を生んだとおっしゃっていましたが、お嬢さまがあれほど美しいということは、さぞや内儀《ないぎ》もお美しいのでしょうね」

おりきがそう言うと、助左衛門は襟元《えりもと》から懐紙《かいし》を取り出し、口を拭《ぬぐ》った。

「いや、あの娘は手懸《てかけ》の娘でよ……。母親は浜松の芸者で雪丸《ゆきまる》というのだが、かおるという娘を産《う》んですぐに亡くなったそうでよ……。それで兜屋が内儀を説得して本宅に引き取ることにしたというのよ。と言うのも、かおるは赤児《やや》ながらもハッと人目を惹《ひ》くほどの美印で、それで兜屋が内儀に言い含めた……。あの娘《こ》の美貌は、先々《さきざき》、必ずや兜屋の役に立つ、そのためにも我が娘《こ》として蝶《ちょう》よ花よと育てるようにと……。兜屋という男は何もかもが欲得尽《よくとくず》くの男でよ……。生まれたての赤児《やや》を前にして、早くも、そう算盤《そろばん》を弾《はじ》いていたのだからよ！　見なよ、あの男の計算通りになったではないか……」

助左衛門が憎体《にくてい》に言う。

おりきにもやっと平仄《ひょうそく》があったように思えた。

思いが叶《かな》った三左衛門のあの燥《はしや》いだ様子……。

が、肝心《かんじん》の薫子は、藩主の側室になることをどう思っているのであろうか……。

おりきの脳裡《のうり》に、つっと薫子の能面のような顔が過《よ》ぎる。

「それによ、これでは、かおるという娘があまりにも不憫《ふびん》……。聞いた話では、どうやら、あの娘には好いた男がいるというのによ」

助左衛門の言葉に、おりきの胸がきやりと揺れた。

そろそろ松風の間を辞し一階の広間に廻らなければならない。

が、おりきは薫子のことが気になり、思い切って訊ねてみた。

「お嬢さんに好いた男がいるとは……」

「いや、これも噂にすぎず、定かではないのだが……。娘があれだけの美印ときたら、男なら誰しも関心を払って当然……。まっ、ちやほやされるってわけだ。ところが、娘のほうでは自分の美貌を鼻にかけることもなく、寧《むし》ろ、男からちやほやされるのに辟易《へきえき》していたらしく、誰に言い寄られても柳に風と受け流していたのだが、店衆の中で一人だけ娘に関心を払おうとしない男がいてよ……。そうなると、娘はその男のことが気になって仕方ない……。いつしか、娘の男を見る目に変化が顕《あらわ》れたそうでよ。そうなると、男のほうでも娘の気持に気がつくわな？　とは言え、二人はお嬢さまと店衆の間柄《あいだがら》……。誰が見たって叶わぬ恋だ。他の店衆も二人の気持に気づいていたのだろうが、旦那は娘を宝物、いや、あれは品物といったほうがいいのかな？　旦那が娘のことをそんなふうに思っているものだから、他の店衆は下手《へた》に口を挟めない……。それ故《ゆえ》、二人も抗《あらが》ったところで所詮《しょせん》どうなるものではないと諦めたんだろう……。だから、此度、掛川藩の話が出たときも、すんなりと江戸御留守居役の養女になることを受け入れたってわけでよ……。あれでも、かおるという娘が内儀《おかみ》さんの実の娘ならば話はまた違ったのだろうが、継母《ままはは》ではよ……。しかも、娘のほうでも幼い頃から父《てて》親《おや》に生《お》い立ちを聞かされてきたものだから、命じられると嫌とは言えない……」

　助左衛門が太息《ふといき》を吐く。

「そうでしたか……。では、従者の中のあの方が薫子さまの思い人……」

　おりきがつい言葉に出してそう言うと、助左衛門はえっと目をまじくじさせた。

「えっ、その男が従者に加わっているというのですか？」

　おりきは挙措を失った。

　わたくしとしたことが、余計なことを……。

「いえ、これは大番頭の推測で、実のところは判《わか》らないのですけどね……」

「いや、案外、そうかもしれないぞ。それにしても、なんと大胆《だいたん》なことを……。そりゃ、兜屋の旦那は二人のことに気づいていませんよ。周囲《まわり》の者も余計なことは噯《おくび》にも出しませんからね。けど、旦那が気づいていないといっても、何故《なぜ》そんな大それたことを……。あの二人、後朝《きぬぎぬ》の別れをしようとでも思っているのだろうか……。莫迦なことを！　そんなことが出来るわけがない……」

　助左衛門が呆《あき》れ果てた顔をする。

「とにかく、女将、あの二人から目を離さないことだ」

「けれども、まだあの方がそうと決まったわけではありませんので……。ええ、解りました。何事か起こらないように気をつけておきましょう。では、わたくしは広間のほうに……」

おりきはそう言うと、這々《ほうほう》の体《てい》で松風の間を出た。

そうして、広間でもお薄を……。

「何もかもを美味《おい》しく頂《いただ》きましたぞ」

三左衛門が満足そうに言う。

「それはようございましたわ。お嬢さまも気に入っていただけたでしょうか？」

おりきが薫子の前に茶碗を置きながら言う。

「はい」

鼠鳴《ねずみな》きするような声が返ってきた。

なんと、薫子の声を聞くのは玄関での短い挨拶と、はい、という言葉だけとは……。

相変わらず、店衆もまるで言葉を発するのが惜しいかのように圧《お》し黙っている。

「浜木綿の間に、旦那さま、お嬢さま、侍女の方とお三方《さんかた》の床を取ってあります……。それで、明朝のお発ちはいつ頃になりますでしょうか？」

おうめが訊ねる。

「明日は五ツ（午前八時）にここを発つもりですので、朝餉《あさげ》は六ツ（午前六時）過ぎに……」

なんと、やっと大番頭が口を開いたではないか……。

「朝餉も広間で皆さんと一緒にお上がりになりますか？」

おうめがそう言うと、今度は三左衛門が、いや、朝餉は別々にしてもらおうか、ときっぱりとした口調で言った。

おりきは広間を出ると、肩に重石《おもし》でも載《の》せたかのような疲弊《ひへい》を覚えた。

こんなに疲れたのは久し振りのことである。

「女将さん、どうしやした？　随分《ずいぶん》と疲れた顔をなさって……」

帳場に入った途端《とたん》、達吉が気遣わしそうに声をかけてきた。

「ええ、疲れました……。けれども、まだ気を休めるわけにはいきません」

おりきは助左衛門から聞いた話を、達吉と潤三に話して聞かせた。

「なんと……」

「では、尾張屋さんはあの男とお嬢さんの間に何事かあるといけねえんで、日を離すなと言われるんでやすね？」

達吉と潤三が蕗味噌《ふきみそ》を嘗《な》めたような顔をする。

「目を離すなと言われても、一体何《いってえ》をどうすりゃいいんだか……」

「あっしが一晩中帳場にいて、寝ずの番をしやしょうか？」

潤三がそう言うと、達吉が呆れ果てた顔をした。

「おめえがここにいたんじゃ、女将さんが寝られねえじゃねえか！」

「いや、女将さんには屛風《びょうぶ》を廻して眠ってもらいやすよ。あっしが妙な気を起こすなんて思わねえで下せえ！」

おりきはくすりと肩を揺らした。

「二人とも、そこまで案じることはありませんよ。大丈夫です。薫子さまには侍女がついておられますので、妙なことは起きないと思いますよ……。それに、おまえたちはあの男《ひと》のことを薫子さんの相手と決めつけているようですが、違うかもしれないのですからね。それよりも、今宵は早く休むことです。まだ、明日があるのですからね」

「へっ、そうさせてもれェやす。そりゃそうと、あっしは尾張屋の旦那の話を聞いて、薫子という女《ひと》には鷽姫《うそひめ》という言葉がぴったり当て嵌《はま》るような気がしてきやしたぜ」

「鷽姫？　それは……」

おりきがとほんとした顔をする。

「鳥の鷽《うそ》でやすよ。嘴《くちばし》が太くて黒く、首元が紅《あか》い色をした鳥がいやすでしょ？」

「ああ、鳴き声の美しい鳥ですよね。けれども、何故、そう思うのですか？」

「あの鳥って、囀《さえず》るときに両脚を挙げ、まるで琴を弾《ひ》くかのように羽根を動かすんで、琴弾鳥《ことひきどり》って別名があるんだが、その鳴き声ときたら口笛のように可憐《かれん》なものだから、姿の美しさや声の美しさから、美しい女ごや声の良い女ごを譬《たと》えるときに使うとか……。それで、あの女《ひと》には鶯姫という言葉がぴったりだと思って……」

まあ……、とおりきが目を細める。

達吉にしては、珍しく叙情的《じょじょうてき》なことを……。

確か、雄《おす》の鳴き声を照鷽《てりうそ》といい、雄が鳴くと晴れを呼ぶと言われていて、一方、雌《めす》の鳴き声は雨鷽《あまうそ》で雨を呼ぶと言われていると……。

「そうかもしれませんわね。薫子さまの場合は姿も声も美しいのですもの、まさに鶯姫といってよいでしょう……。けれども、そう考えてみれば、尾張屋さまの息子さんの内儀も、鶯姫かもしれませんわ」

おりきは助左衛門の息子の嫁が声の美しい女ごで、それに惹かれて内儀にしたことを話して聞かせた。

「へえェ……、そんなことがあったんでやすか？　身分違《ちげ》ェの若い女ごを、声に惹かれて嫁に……。天女のような声をした女ごに心根の悪《わり》ィ女ごはいねえとは、よく言ったもんだ！　それによ、女ごのお腹に赤児《やや》が出来たからとはいえ、お端女を息子の嫁と認めたんだから、やっぱ、尾張屋の旦那は大束なお男《ひと》よ！　それに引き替《か》え、兜屋はなんでェ……。同じ鶩姫にしたって、えれェこと違うじゃねえか！」

達吉が忌々《いまいま》しそうに言う。

「達吉！」

おりきがめっと目で制す。

「じゃ、あっしたちは二階家のほうに戻らせてもれェやす」

「はい、お休みなさい」

おりきが帳場を出て行く二人を見送り、床を取る。

が、ふと手を止めると、口の中で呟いた。

鶩姫……。

翌朝、兜屋一行は無事に出立した。

街道まで出て、六台の駕籠を見送ったおりきは、つと振り返ると、達吉と潤三に犒《ねぎら》いの言葉をかけた。

「ご苦労でしたね。何事もなく無事に送り出すことが出来て安堵しています。まだ他のお客さまをお見送りするまでは気が抜けませんが、二人とも宜しく頼みますよ」

「へい」

「けど、昨夜、何事もなくてようございやしたよね。正な話、夕《ゆん》べ、あっしはまんじりともしやせんでした。大番頭さんはどうでやした？」

潤三が達吉を窺う。

「俺か？　俺ャ、寝床に入《へえ》った途端に白河夜船《しらかわよふね》……。何があろうと泥《どろ》のように眠るってのが俺の特技だからよ！　おっ、潤三、言っとくが、そんな蚤《のみ》みてェな心《しん》の臓《ぞう》をしてたんじゃ、番頭は務《つと》まらねえからよ」

「けど、泥みてェに眠ってたんじゃ、何かあったときの対応が出来ねえ……」

「何言ってるんでェ、何かあったらすぐさま飛び起きて、瞬時《しゆんじ》に頭の中を切り替えるのよ。それが出来なきゃ、一人前《いちにんめえ》の旅籠衆といえねえんだからよ！」

達吉が鼻柱《はなばしら》に帆《ほ》を引っかけたような顔をする。

おやおや……。

おりきは思わず頬を弛《ゆる》めた。

これまで就寝中《しゅうしんちゅう》に何事か起きて、瞬時に頭の中を切り替えなければならないことなど一度としてなかったというのに……。

以前、隣の茶飯屋《ちゃめしや》一膳《いちぜん》から火が出て、立場茶屋おりきの茶屋部分が類焼《るいしょう》したときも、夜分であったが幸いまだ店衆全員が起きていて、建物は全焼しても、茶屋衆《ちゃやし》や旅籠の泊まり客全員が難を逃《のが》れることが出来たのである。

そしてまた、品川宿が地震災害に見舞われたときには、猟師町や北馬場《きたばばちょう》町の裏店《うらだな》で四十名近くの死者が出るという被害があったが、幸い地震があったのが日中とあり、このときも、立場茶屋おりきでは怪我人《けがにん》もなく、納屋が倒壊するだけで済んだのだった。

その納屋の跡地《あとち》に建てられたのが現在《いま》の二階家であり、地震で身寄りを失った子を引き取ったのが養護施設あすなろ園を開く契機《きっかけ》となったのである。

してみると、一膳の跡地を立場茶屋おりきが買い取り、そこに彦蕎麦《ひこそば》を出したことを考えてみても、これまでは災難にあっても挫《くじ》けることなく立ち上がり、不運を幸運へと切り返してきたのである。

それもこれも、おりきが一人でしたことではなく、亀蔵や幾千代《いくちよ》、近江屋忠助《おうみやただすけ》、現《い》在《ま》は亡き吉野屋《よしのや》幸右衛門《こうえもん》、そして何より店衆の支えがあったればこそ……。人は情《なさけ》の器物《うつわもの》……。

人は一人で生きているのではない。

おりきは改めてそう思うのだった。

これから先も、どんな災難が待ち受けているやもしれない。

だが、決して屈《くつ》することなく真面目《まじめ》にこつこつ我勢していけば、必ずや乗り越《こ》えられる。

「達吉、潤三、これからも何があろうとも、皆して立場茶屋おりきを支えていきましょうね！」

おりきが唐突《とうとつ》にそう言うと、二人は一瞬なんのことだか解らなかったようで、と、ほいんとした。

が、慌てて、ええ、そりゃもう……、と大仰《おおぎょう》に頷く。

「おや、玄関先に尾張屋さまの姿が……。もう出立なさるのかしら？　朝餉はお済みになったのでしょうね？」

「ええ、お済みでやす……。そうか、さっき書出《かきだし》（請求書）を部屋にお持ちしたんで、精算しようと……」

潤三が玄関に向かって駆けて行く。

おりきも小走りに戻って行った。

「申し訳ありません。お見送りに出ていたもので……」

「兜屋一行が江戸に向けて発ったようだね。女将、何事も起きずに良かったではないか……。あたしもね、昨夜は少々脅《おど》しが過ぎたかと気にしていたのですよ。では、お支払いを……」

「畏《かしこ》まりました。尾張屋さま、四ツ手の手配はまだでございますよね？」

「ああ、いつもの六尺を呼んでもらおうか……」

「では、呼びに行かせますので、四ツ手が来るまで帳場でお茶でも……。末吉、八造《はちぞう》さんに声をかけてきて下さいな」

おりきは末吉に命じると、助左衛門を帳場へと促した。

「お薄になさいます？　それとも煎茶《せんちゃ》のほうがいいかしら……」

「煎茶にしよう。女将の淹《い》れてくれる茶は美味いからよ。それがよ、ここ三年、ここをご無沙汰《ぶさた》してしまったものだから、岡崎にいて無性《むしょう》に女将の茶が恋しくなったことがありましてな。家内に立場茶屋おりきの女将のように美味い茶を飲ませてみろと言っても、これが、さっぱり……。お茶っ葉《ば》だけは上等のものを買ってくるんだが、これがもうひとつ違うんだな……。それで、やはり美味い茶を飲もうと思うと、品川宿まで行かなきゃならないのかと半ば諦めていたところ、息子の嫁がなんと上手《うま》いこと淹れるではないですか！　あたしは改めて嫁を見直しましたよ……。それまで、お端女上がりの樽職人の娘と侮《あなど》っていたことを恥じましたよ。人の値打ちを氏素性《うじすじよう》や生い立ちで計《はか》るものではないということを思い知らされたようで……。嫁にね、何故こんなに美味い茶を淹れることが出来るのかと訊いたところ、さあ……、と首を傾げましてね。どう答えてよいか解らないが、別にコツがあるわけでもなんでもなく、ただお茶を淹れるときに心を込めているだけだと言うんですよ……。なんとなく、あたしにもその意味が解ったような気がしました。そうなんだよね？　相手のことを思い、美味しい茶を飲ませたいと思うその心が、茶を美味しくするのだろうからよ……」

おりきがふわりとした笑《え》みを返す。

「尾張屋さま、よいお嫁さんでよかったですわね」

助左衛門はおりきの淹れた茶を口に含み、そう、この味！　ああ、なんて美味いのだ……、と相好《そうごう》を崩した。

「それで、お嫁さんはなんてお名前なのですか？」

「嫁ですか？　ああ、たまといいましてね。おたま、おたま、とまるで猫を呼んでいるようだが、これが本当に猫のような顔をしていましてね……。目がくりくりとしているだけで決して美印とはいえないのだが、息災なのと、何より心根がよい！　改めて、息子の女ごを見る目を見直しましたよ」

　助左衛門が嬉しそうに言う。

「それに、声が良いのですよね？　おたまさんこそ、鶯姫……」

「鶯姫……、それは？」

「それがね、昨夜、大番頭が兜屋のお嬢さまのことを鶯姫のようだと言いましてね……。鶯は鳥の鶯です。鳴き声が口笛のように美しく、鳴くときに羽根を広げて琴を弾いているかのように見えるので、琴弾鳥ともいうそうなのですが、その姿形の美しさと声の美しさから、美しい女《ひと》や声の良い女《ひと》のことを鶯姫というとか……。ですから、兜屋のお嬢さまは、まさに鶯姫……。けれども、わたくし、ふっと尾張屋さまの嫁ごのことを思い出しましてね……。そうですよ、おたまさんは紛《まぎ》れもなき鶯姫……。声が美しいからというだけでなく、心根の美しさからみても、兜屋の薫子さまに匹敵《ひってき》する鶯姫ですことよ！」

　そう言うと、助左衛門は照れ臭そうに、おたまが鶯姫とは……、と謙遜《けんそん》してみせたが、えっ、と目を瞬いた。

「今、確か薫子と言ったようだが、えっ、兜屋の娘はいつからそんな名前に？」

「なんでも、お武家の養女になるために、名前もそれらしくしなければと、草冠《くさかんむり》の薫に子供の子をつけたのだとか……」

「莫迦なことを！　ふン、いかにも兜屋のやりそうなことよ……」

と、そこに、末吉が四ツ手の到着を知らせに来た。

「やっ、馳走《ちそう》になったな！　江戸からの帰りは一廻り《ひとまわ》（一週間）後になるが、またそのとき、お願いしてもいいだろうか……」

潤三が留帳《とめちょう》を捲《めく》り、予約状況を確かめる。

「ええ、大丈夫《でえじょうぶ》でやす。では、松風の間を押さえておきやすんで……」

「お気をつけて行って来て下さいませ。また、お帰りをお待ち申し上げています」

おりきたちは再び通路を伝い、街道へと……。

そして、後棒《あとぼう》の背が見えなくなるまで見送ると、再び、旅籠へと引き返す。

こうして前日の務めが終わり、再び、本日の務めへと……。

一日たりとて休むことはない。

これが旅籠の生業《なりわい》で、おりきたちはまた新たな客を迎え入れることに胸を躍《おど》らせるのである。

それから三日後のことである。

久々に立場茶屋おりきを訪ねて来た亀蔵が、お持たせの麩《ふ》の焼を頬張《ほおば》りながら、ふうと太息を吐いた。

「なんと、月日の経つのが早《はえ》ェもんだぜ。ついこの前《めえ》、年が明けたかと思ったら、もう三月の声が……。以前はそうは思わなかったんだが、この歳になると、やけに日が経つのが早《はえ》ェ気がしてよ……。俺も老《お》い先短《みじけ》ェのかと思うと、そそ髪立《がみた》つ（ぞっとする）ぜ！」

おりきはくすりと笑った。

「親分はまだそんな歳ではないではありませんか……」

「てんごうを！ 俺ャ、五十七になったんだぜ。見なよ、ついこの前《めえ》まで五十路《いそじ》半ばと言っていたのに、気づくと、六十路《むそじ》に手が届こうという歳になってるじゃねえか……。爺《じい》さまもいいところでェ！」

「五十七なんて、まだまだですよ……。親分、みずきちゃんを嫁に出すまでは死ぬわけにはいかないとおっしゃっていたではないですか！　みずきちゃんはこの年十歳……。十八で嫁に出すとしたら八年、二十歳《はたち》だとすれば十年……」

「てんごうを！　俺ャ、みずきをそんなに早く嫁に出す気はねえからよ」

亀蔵が芥子粒《けしつぶ》のような目をカッと見開く。

「ほら、ごらんなさい！　そうなると、まだまだ長生きしていなければならないことになるでしょうが……」

おりきがそう言ったときである。

玄関先のほうから足音がして、障子がガラリと開いた。

達吉である。

「なんですか、不作法《ぶさほう》な！　親分がお見えになっているのですよ」

おりきが窘《たしな》めると、達吉は畳《たたみ》に手をつき、はァはァと肩息を吐いた。

「どうしました？」

「それが……。本陣《ほんじん》からの帰《けえ》りに行合橋の袂《たもと》で瓦版屋《かわらばんや》に出会《でくわ》しやしてね。その口上を聞いてると、なんと、三日前《めえ》に掛川藩江戸御留守居役宅で騒ぎがあったというじゃありやせんか……。それで慌てて一部買ってみると、ほれ、これ……、これを読んでみて下せえ！」

達吉が手にした瓦版をおりきに突き出す。

おりきは瓦版に目を通し、まあ、これは……、と眉根を寄せた。

瓦版には、

『三日前、掛川藩江戸御留守居役宅に浜松の武具商兜屋一行が駕籠を乗りつけたのはよいが、駕籠が長屋門《ながやもん》に入って四半刻《しはんとき》後、兜屋の主人《あるじ》と大番頭、番頭の三人が嘉門家の家士《かし》に追い立てられるようにして出て来た。なんとなんと、これ如何《いか》に……。なんでも、兜屋の娘を掛川藩江戸御留守居役嘉門孫十郎の養女とし、その後、掛川藩上屋敷に女中奉公とは名ばかり、藩主の側室にと運ぶはずだったところ、嘉門の屋敷に着いて大名駕籠から出て来たのは、娘の着物に綿帽子で顔を隠した侍女というではないか……。

しかも、後に続くはずだった侍女と従者の四ツ手の姿はどこにもなし……。途中、用を足《た》すために立ち寄った赤羽橋《あかばねばし》の茶店で娘と侍女が入れ替わり、娘は相惚《あいぼ》れした男と駆け落ちしたという、とんだ濡《ぬ》れの幕……。騙《だま》されたことに激怒した嘉門孫十郎はその場で侍女をお手討《てう》ちに……。

兜屋の主人は這々の体でなんとか屋敷を逃げ出したという前代未聞《ぜんだいみもん》の大茶番劇《だいちゃばんげき》……』

なんと、そのときの状況がまるで見てきたかのように書かれているではないか……。

「どうした……。一体《いってえ》、何が書かれているのかよ？」

亀蔵が訝しそうな顔をする。

おりきは黙って亀蔵に瓦版を手渡した。

「これは……」

亀蔵が渋面《じゅうめん》を作る。

「ここに書かれていることと、立場茶屋おりきにどんな関わりがあるんでェ」

「ええ、それが……。実は、三日前《めえ》、この一行がうちに泊まられやしたんで……」

達吉が兜屋一行を泊めた晩のことを話して聞かせる。

「なんと……。するてェと、懸念《けねん》していたことが、ここを出て、赤羽橋の茶店で起きたということか……。ちょい待った！　てこたァ、侍女も娘や男のグルだったたってことか？　だってそうだろう？　茶店で娘と侍女は入れ替わったんだからよ……。けどよ、娘ってェのは、そんじょそこらにいねえ美印ってんだろ？　入れ替わったとしても、実の父親《てておや》には判りそうなものを……」

亀蔵が首を傾げる。

「それが、娘と侍女は背丈や身体つきが似てやしてね……。顔は綿帽子を目深《まぶか》に被《かぶ》っちまうと判りゃしねえ……。用足しから戻ってそのまま大名駕籠に乗り込めば、先方に着くまで判らねえって寸法で……」

「達《たつ》つァんはそう言うが、娘に化《ば》けたほうは判らねえとしても、侍女に化けた娘のほうはハッと人目を惹くほどの弁天というんだから、いくら侍女の着物に着替えたところで暴露《ばれ》そうなものを……」

「ところが、お高祖頭巾《こそずきん》を被っていたら、やっぱり判らねえんじゃ……。ねっ、女将さん、あの侍女、ここを発つとき、お高祖頭巾を被ってやしたよね？　ここに着いたときには被っていなかったのに、発つとき被ってたもんだから、あっしはあれっと思ったんでやすがね……」

ああ、そういえば……、とおりきも思い出す。

「そう言われれば、そうでしたわね」

「けどよ、もう一つ解《げ》せねえのは、駕籠は六台だったというんだろ？　突然、駕籠二台が姿を消したら判りそうなものを、何故、旦那や大番頭は気づかなかったのかよ……」

亀蔵が疑問を叩きつける。

「えぇェと……。ちょいと待って下せえよ。確か、ここを発つときの駕籠の配列は……。そうよ、確か、番頭の四ツ手が先頭に立ち、続いて、大番頭の四ツ手……。そして次が法泉寺駕籠の旦那で、その後に大名駕籠の娘、そしてその後《うし》ろが侍女の四ツ手で、最後が娘と相惚れの番頭……。ねっ、そうでやしたよね？」

達吉がおりきに目をくれる。

「ええ、到着も出立も同じ配列だったように思います」

「ほれ、辻褄《つじつま》があった！　男と侍女と入れ替わった娘は、どん尻とその次……。後ろの二台がどこかで方向を変えても、前を行く駕籠には判らねえ……」

達吉が目から鱗《うろこ》が落ちたような顔をする。

「てこたァ、四ツ手の六尺も連《つる》んでたってことか？」

「いや、連んでいたかどうかは解らねえ……。六尺たちはただの雇われでやすからね。袖《そで》の下を握らせれば、行き先を変えるなんざァ朝飯前《あさめしめえ》！」

達吉がそう言うと、亀蔵が腕を組み、うーんと唸《うな》る。

「確かに、出来ねえ芸当《げいとう》じゃねえよな……。だが、そうなると、貧乏籤《びんぼうくじ》を引いたのは、侍女ってことに……。屋敷に着けば、当然、入れ替わったことが暴露る……。そのとき、自分がどんな仕置きをされるか解りそうなもの……。事実、お手討ちになってしまったんだからよ。ただの侍女が生命《いのち》を張ってそんなことをするだろうか……」

亀蔵はまだ解せないようである。

それまで黙っていたおりきが、何やら閃《ひらめ》いたのか、あっと声を上げた。

亀蔵と達吉が怪訝《けげん》そうにおりきに目を据える。

「そう言えば……。ねっ、達吉、おまえは思いませんでした？　侍女がどこかしらお嬢さんの面差しに似ていると……。わたくしね、侍女にしてはあまりにも綺麗《きれい》な女《ひと》だったので、浜松あたりには美人が多いのかと思っていましたの……。と言うのも、薫子さまの生母は産後間なしに亡くなったと聞いていましたでしょう？　まさか、生きていて、しかも薫子さまの侍女をしているなんて思いもしませんでしたからね……。けれども、もしかすると、あの女《ひと》は薫子さまの母親だったのではないかと、なんだか、そんなふうに思えてきましたわ……」

達吉も頷く。

「言われてみると、色白なところや目鼻立ちが似ていたような……。けど、仮にそうだとすれば、兜屋の旦那が内儀を騙していたってこと……。内儀は手懸は死んだと思い、娘を引き取ったんだからよ。ところが生きていて、娘の侍女として本宅に潜《もぐ》り込むたァ、旦那もその女ごもやるもんじゃねえか……。知らぬは、内儀と当の娘……。決して母親と名乗らなきゃ娘の傍にいられるんだもんな。兜屋の旦那も考えたもんじゃねえか！」

「ところが、薫子さまに掛川藩主の側室の話が持ち上がり、侍女、つまり、母親は慌てたのではないでしょうか……。母親ならば、娘が本当は誰と添《そ》いたいのか気づいていたでしょうし、手懸だった自分の身の有りつきを思うと、せめて、娘は好いた相手に添わせてやりたいと悶々《もんもん》とした……。それで、自分が策を練《ね》るので、二人は兜屋の目が届かないところに逃げてほしいと、案外、侍女のほうから話を持ちかけたのかも知れません。あの女《ひと》には、死への覚悟が出来ていたのではないでしょうか……」

おりきがそう言うと、やっと亀蔵も納得したのか、そうかもしれねえ……、と呟いた。

「おめえの話を聞いてると、なんだか、俺もそんな気がしてきたぜ……。けどよ、そうだとすれば、母親の子への情愛って、凄《すげ》ェよな！　生命《いのち》を張って娘を庇《かば》おうとするんだからよ。俺なんぞ、そこまで策を巡《めぐ》らせることすら出来ねえからよ」

亀蔵が感服したように言う。

「それで、二人は今後どうなるんでしょうね。手に手を取り合って逃げたのはいいが、これから先、どうやって立行《たちいき》していくんだか……」

達吉が気遣わしそうに言う。

「恐らく、当座を凌《しの》ぐだけの金子《きんす》は、あの女《ひと》が持たせたことでしょう……。それから先は二人で考えることですからね。それより、兜屋さまはこれから先どうなるのでしょう。わたくしにはそれが案じられます」

「兜屋はこれまで掛川藩とは関わりがなかったんだろ？　だったら、浜松でこれまで通り商いをやっていくだろうさ。此度のことで多少世間に白い目で見られるかもしれねえが、まっ、娘を楯《たて》に欲《よく》をかいた罰《ばつ》……。人の噂も七十五日ってことで、今に、そんなことがあったことも忘れられるってもんでよ……」

亀蔵が仕こなし顔に言う。

「やれ、鷽姫がこんな決着になるとはよ……」

達吉の言葉に、亀蔵が、鷽姫？　と訝しそうな顔をする。

「ほれ、鳥の鷽……。姿形が美しくて、声の良い鳥のことでやすよ。兜屋の娘があんまし美印で、しかも声がよいときて、あっしら皆で、あの女ごこそ鷽姫と呼ぶに相応《ふさわ》しいと言ってやしたんで……」

「ほう、それは言い得て妙……。そう言ャ、八文屋《はちもんや》にも昨日うそ姫が来てよ！」

「えっ、親分のところにも絶世の美女が？」

達吉が目をまじくじさせると、亀蔵が忌々しそうな顔をする。

「それがよ、八文屋に来たのはうそ姫はうそ姫でも、大嘘つきの嘘姫《うそひめ》でよ！　自分は神田米沢町《かんだよねざわちょう》の大店《おおだな》の娘だが、嫁《とつ》いだ先が身代限《しんでえかぎ》りとなって、これから実家《さと》に戻るところなのだと言って、これまでいかに自分の暮らし向きが良かったかを客の前で滔々《とうとう》と喋るのよ……。するてェと、常連の朋吉《ともきち》や岩伍《いわご》、仙次《せんじ》といったひょうたくれが、まあ食いねえ、さあ食いねえ、と次から次へとお菜《さい》を注文してやったというのよ……。ところが、ちょいと厠へと姿を消した女ごが一向に戻って来ねえ……。はっと気づいた朋吉や仙次が懐《ふところ》を探《さぐ》ると、腹巻《はらま》きに挟んでいた財布がねえ……。つまりよ、法螺《ほら》吹き女に懐のものを掻《か》っ払われたってことでよ！　俺ャ、出先から戻ってその話を聞き、鶏冠《とさか》に来たのなんのって……。よりによって、この俺さまの見世で客が掻っ払いに遭《あ》ったんだからよ！　おさわが済みません、済みません、あたしがついていて……、と何遍も頭を下げるんだが、おてちんでェ！　まっ、そんなわけで、八文屋は嘘姫に翻弄《ほんろう》されちまったってことなのよ……」

亀蔵が悔しそうに歯噛《はが》みする。

おりきと達吉はなんと答えてよいのか解らず、顔を見合わせた。

が、亀蔵はへへっと照れたように肩を竦め、まっ、そんなこともあらァな！　と言い、

「けどよ、そっちの鶯姫だが、ことが起きるのが立場茶屋おりきでなくて良かったよな?」

と続けた。

「ええ、それはまあ、そうなのですけど……」

おりきはそう言ったが、決して胸を撫《な》で下ろす気にはなれなかった。

薫子の母親かもしれない侍女のことを思うと、切《せつ》なさに胸が張り裂《さ》けそうな想いなのである。

かおるさん、薫子さま、鶯姫さん……。

せめて、おまえさまはあの女《ひと》に受けた恩を忘れないで下さいませ……。

おりきには、そう思うよりほかなかった。

すみれ野

妙国寺《みょうこくじ》の山門《さんもん》を出たおりきは、おみのと肩を並べて坂道を下りて行った。・

たった今、二人で才造《さいぞう》の一周忌《むかわり》を済ませてきたばかりである。

三月に入り、おりきは意を決し、才造が海で帰らぬ人となって一年になろうとするのだから、そろそろ墓を建《た》ててやったらどうか、と話を持ちかけた。

すると、意外にも、難色《なんしょく》を示すと思っていたおみのがあっさりと承諾し、ならば墓《ぼ》標《ひょう》ではなく、小さくてもよいから墓碑《ぼひ》を建ててやりたいと言うではないか……。

「墓石って高いのですか？　小さいのでいいんです。本当に小さいのでいいんだけど、どのくらいするんでしょう……」

おみのの真剣《しんけん》な眼差《まなざ》しに、おりきは戸惑《とまど》った。

「おまえが建てるというのですか？」

「あたし、知ってます！　女将《おかみ》さんが善爺《ぜんじい》やとめ婆《ばあ》さん、おきちさんの双親《ふたおや》や姉さんの墓を建ててあげたことを……。ううん、それぱかりか、およねさんやおきわさんの双親の墓まで……。けど、それはあの人たちが皆、立場茶屋《たてばぢゃや》おりきに関《かか》わりのある人だったから……。けど、あんちゃんは違うんです！　それどころか、女将さんに迷惑ばかりかけたんだもの、女将さんに建ててもらうわけにはいきません……」

　おみのは唇を真一文字《まいちもんじ》に結んだ。

「才造さんが他の者と違うですって？　おみの、おまえは立場茶屋おりきの一目です。才造さんはおまえのお兄さまではないですか……。わたくしが三吉《さんきち》やおきちの肉親の墓を建てたように、才造さんの墓を建てる、それのどこがおかしいのかしら？」

「けど、あんちゃんは女将さんにこれまでさんざっぱら迷惑をかけてきたんだもの、もうこれ以上は……」

　おみのは才造が竜龍《たつりゅう》から自立して自前《じまえ》のべか舟を購入するために、おりきから八両出させたことを言っているのであろう。

　おりきは苦笑《くしょう》した。

「才造さんに貸した八両のことを言っているのですね？　前にも言いましたが、建前《たてまえ》では才造さんにお金を貸したことになっていますが、わたくしはおみのに持参金《じさんきん》として持たせたものと思っているのですよ……。確かに、才造さんは借りた金を返すつもりで、一度だけ小白《こじろ》（一朱銀）を二枚返しに来て下さいました。わたくしね、そうして何年かかってもこつこつと返そうと思う、才造さんのその気持が嬉《うれ》しかった……。

結句、それきりになってしまいましたが、わたくしの中では、あの八両はおみのに上げたものと、そう解釈しているのですよ。ですから、気を兼ねることはないのです」

「だったら尚更《なおさら》、あんちゃんの墓はあたしに建てさせて下さい。あのとき、あんちゃんはあたしに金の工面《くめん》をしてくれと頼んできました……。あたし、そのとき、三両しか持っていなくて……。その三両も、あんちゃんが御赦免《ごしゃめん》になって戻って来たら、どこかに裏店《うらだな》を借りて、兄妹《きょうだい》二人で倹《つま》しく暮らしていくためにと思い貯《た》めた金だったんです。けど、あのときは亀蔵《かめぞう》親分の世話で竜龍の網子《あんご》に入ることに決まり、結句、あたしはあのまま旅籠《はたご》に残ることになり、お金を使わなくて済んだのだけど……。そう、そうなんですよ！　あのとき、あんちゃんがべか舟を買うお金を女将さんが出して下さったもんだから、あたしの三両はそっくり残っているんですよ。だから、その金で……。あっ、三両では足《た》りませんか？」

おみのの気負《きお》い込んだ形相《ぎょうそう》を見て、おりきは困《こう》じ果てた顔をした。

「まあ、落着きなさい！　足りますとも！　小さな墓ならそれで充分です。けれども、そのお金をそっくり使ってもよいのですか？　これまでは才造さんのことがあり、おみのに縁談を向けても、兄さんを残して嫁に行くことは出来ないと固辞《こじ》していたのでしょうが、才造さんはもう二度と戻っては来ないのです……。考えてもごらんなさい？　おまえはまだ三十五歳なのですよ。この先、誰かと所帯を持ちたいと思うかもしれない……。そのときのために、少しは手持ちのお金を持っていたほうがよいのではありませんか？」

　おりきはおみのの顔を覗《のぞ》き込んだ。

「あたしはこれからも嫁に行こうとは思っていません……。第一、あたしなんか嫁にしたいと思う男《ひと》なんていませんよ！」

「あら、そんなことを言って……。おみのは顔立ちもよいし、気扱《きあつかい》のある我勢者《がぜいもの》ではないですか。それこそ、仲人嬶《なこうどかか》のおつやさんが放《ほう》ってはおきませんよ。そうだわ！　おみのに向いた相手がいないか、おつやさんに相談してみましょうか？」

「おつやさんて、おまきさんを位牌師《いはいし》の春次《はるじ》さんに添《そ》わせた？」

「ええ、あの女《ひと》ですよ。何を隠しましょう、実は、あのとき、おつやさんは春次さんの相手におみのはどうかと言ってきたのですよ……」

　えっと、おみのが目を瞬《しばたた》く。

　無理もない。

　おみのはおまきが春次の後添《のちぞ》いに入ることになった経緯《いきさつ》を知らないのである。

　おつやは先代おりきの頃から立場茶屋おりきに出入りしていて、おつやが世話をした縁談には外《はず》れがなく、他の仲人嬶のように法外《ほうがい》な礼金を受け取らない。

おつやの口癖《くちぐせ》は、あたしは十分の一なんて法外な礼金は取らない、持参金が仕度《したく》出来ない庶民のために、ほんの心付《こころづけ》程度で、嫁の欲《ほ》しい男と嫁に行きたい女《おな》ごをくっつける、というものであった。

通常、仲人嬶は縁談が纏《まと》まれば持参金の十分の一を礼金として取る。礼金欲しさに弁舌爽《べんぜつさわ》やかに縁結びに精を出し、縁談を纏めるためには白を黒とも言い、平気で小姑《こじゅうとめ》を口先で殺してみせる。

が、おつやは仲人口《なこうどぐち》というものを叩《たた》かなかった。

相手に欠点や問題点があれば、前もってちゃんと説明をし、双方《そうほう》に納得させたうえで見合をさせるのである。

位牌師春次の場合も、おつやは開口一番こう言った。

「最初《はじめ》に言っておくが、相手の男は位牌師でさ。歳《とし》は四十三……。位牌師としてはほどの腕を持つ居職《いじょく》なんだが、どういうわけか、女房運が悪くてさ。最初の女房には労咳《ろうがい》で死なれ、二番目の女房も流行風邪《はやりかぜ》で……。しかも、三番目の女房には逃げられちまってさ。女房を持つ度《たび》に子が増えるもんだから、十歳を頭《かしら》に、八歳、五歳、二歳と四人の子持ちで、春次さんは男手《おとこで》ひとつで悲鳴を上げてる始末でさ。三番目の女房は男を作って逃げたというが、自《みずか》ら腹を痛めた子まで捨てたんだから酷《ひど》いもんさ！　あたしゃ、見ていると切《せつ》なくてさ……。その男《ひと》、春次というんだが、男鰥《おとこやもめ》が二歳の子を背中に括《くく》りつけ、上の子たちをどしめきながら、子らを食わせてやるために懸命《けんめい》に位牌作りに励んでいるんだからさ。あたしとしても放っておけないじゃないか……。だから、此度《こたび》だけは銭金《ぜにかね》じゃないんだよ。あの男《ひと》のために、ひと肌脱《ぬ》ぎたくなっちまってさ……。そんなわけだから、あの男《ひと》に世話をする女ごは、心根《こころね》が優《やさ》しく、子供好きでなくちゃならない……。と言っても、当世、手前勝手《てまえがって》な女ごが増えちまってさ。身を挺《てい》してでも、男に尽《つ》くそうなんて女ごは、そうざらにいるもんじゃない……。そこで、立場茶屋おりきのことがふと頭を過《よ》ぎったってわけでさ。ここの女ごたちなら、女将さんの躾《しつけ》が行《ゆ》き届いているからさ。何より、他人《ひと》を労《いたわ》り、弱き者に手を差し伸べようとする心を持っている……。なに、金に不自由するようなことはないんだよ。春次という男には食うに事欠《ことか》かないだけの稼《かせ》ぎがあるからさ。たださァ、難点といえば、腕の良い職人だけに口重《くちおも》でさ……。女ごを悦《よろこ》ばせるようなことは何ひとつ言えない。それで、三番目の女房は他の男《ひと》へと走ったんだろうが、春さんは根は悪い男じゃないんだよ。ねっ、女将さん、あたしが今言ったことを鑑《かんが》みて、この女ごならという女ごはいないものかね？」

「………」

おりきは返答に窮《きゅう》した。

腹違いの子が四人もいて、おまけに、末の子はまだ二歳……。

しかも、春次という男は、仕事は出来ても口重ときて、いかにも職人にありそうな、絵に描《か》いたような男ではないか……。

そんな男の許《もと》に嫁《とつ》いでも、生《な》さぬ仲の子を育てるのに追われ、女ごの幸せなど到底《とうてい》望めはしないだろう。

「やっぱ、無理かね？」

おつやは気を兼ねたように、おりきを窺《うかが》った。

「無理というより、お話を聞いていて、一体誰が見合うかと……」

おりきが戸惑ったように言うと、おつやは何か思いついたようで、ハッと顔を上げた。

「旅籠の女中に、おみのって女ごがいただろう？　確か、三十路《みそじ》を過ぎていたと思うが、そろそろ嫁に出さなきゃ薹《とう》が立ち過ぎちまって、それこそ、嫁の貰《もら》い手がなくなるのじゃないかえ？　しかも、そこまで歳が行くと、初婚の男を望むのは、まず以《もっ》て無理というもの……。ねっ、良い話だと思わないかえ？」

おりきは慌てた。

「お待ち下さいませ。確かに、歳の頃からいいますと、おみのは春次という方に見合っているかと思います。ですが、おみのにはまだ嫁に行けない事情がありまして……」

「事情とは？」

「…………」

おりきは言葉に詰まった。

おみのには三宅島《みやけじま》に遠島《えんとう》となった兄がおり、いずれ御赦免となった暁《あかつき》には、自分が身請人《みうけにん》にならなくてはと、これまで縁談には一切《いっさい》耳を傾《かたむ》けようとしなかったのである。

そのことを話してもよいものかどうか……。

おりきは一瞬迷ったが、やはり本当のことを話しておいたほうがよいと腹を決め、才造のことを話した。

「成程《なるほど》ね。それで、これまであたしが縁談を次々に持ち込んでも、おまえさん、おみのを推挙《すいきょ》しなかったんだね？」

「いえ、わたくしがおみのの兄のことを知ったのはつい最近のことで、それまで、おみのは何も話そうとしてくれませんでしたの。ただ、嫁に行くのは嫌《いや》だと言うばかりで……。それで、わたくしも何か事情があるのではと案じていたのですが、やっと、本当のことを話してくれましてね。わたくしはおみのの気持を尊重してやりたいと思います」

「何言ってんだよ！　おみのにそんな事情があるからこそ、尚更、この縁談はおみの向きなんだよ。春さんだって、嫁取りは此度で四度目……。しかも、四人の瘤《こぶ》つきなんだもの、嫁に来てやるという女ごに文句のつけようがない！　だから、おみのの事情を知ったところで、寧《むし》ろ、これで自分も肩身《かたみ》の狭《せま》い想《おも》いをしなくて済むと、安堵《あんど》するに違いないさ」

おりきはますます慌てた。

「いえ、そういう意味ではないのですよ。おみのは才造さんが御赦免の際は、身請人として力になりたいと思っているのです。おみのはそういう女ごなのですよ。わたくしもおみのの気持を知ってからというもの、陰ながら応援してやるつもりでいます。ですから、おみののことはもう……」

おつやは明らかに失望の色を見せた。

「じゃ、他に誰かいないかね……。何も水気《みずけ》のある二十歳《はたち》前後の若い娘《こ》をといってるんじゃないいんだ。そうだね、多少、臑《すね》に疵《きず》を持つ女ごのほうがよいかもしれないね。

ないからさ」

魚心《うおごころ》あれば水心《みずごころ》……。互いに痛みの解《わか》り合える者同士……。案外、甘《うま》くいくかもしれ

おつやのその言葉に、おりきの眼窩《がんか》をおまきの顔がゆるりと掠《かす》めた。

それで、名前を出さず、こんな身の有りつきをしてきた茶立女《ちゃたておんな》がいるのだが、とお

まきのことを話したのである。

おつやの顔が輝いた。

「女将さん、その女ごだよ！　まさに打ってつけじゃないか。だって、その女ごは自

分を求めてくれる男が現れるのを待っているんだろ？　他人《ひと》に、いや、男に尽くすこ

とを使命《しめい》として生まれてきた女ご……。これぞ、春さんに相応《ふさわ》しい相手じゃないか！」

おつやはそう言い、おまきにその気があるかどうか確かめてくれと手を合わせて、

帰って行った。

だが、おまきにいくら男に翻弄《ほんろう》されてきた過去があるといっても、果たして、四人

も子のいる春次との縁談をすんなりと受け入れるかどうか……。

おりきはそう案じながらもおまきの腹を確かめた。

すると驚いたことに、おまきは見合という形ではなく、一度自分を春次の家に連れ

て行ってほしいと言うではないか……。

おまきが春次の後添いとなり、四人の子の母親になるまでには紆余曲折《うよきょくせつ》があり、そうそうすんなりとことは運ばなかったが、何はともあれ、現在《いま》では、四人の子供たちとも睦《むつ》まじく暮らしていて、おまきのおっかさんぶりはすっかり板についたもの……。

人の幸せ不幸せは、どこでどう変わるものか判《わか》らない。

そう思うと、おりきはおみのにもそろそろ自分の幸せを摑《つか》んでほしいと思うのだった。

「その話、あたしのところに廻《まわ》ってこなくて良かった……。だって、あたし、おまきさんみたいに子供の扱いが上手《うま》くないもの……」

おみのはさばさばとした口調《くちよう》で言った。

「ええ、わたくしも、あの話はおみのには向かないと思いましたの……。だから今度こそ、おみのに向いた男《ひと》はいないかと、おつやさんにそう訊《き》いてみましょうか？」

「女将さんが訊かれるのは構いませんけど、あたし、やはり、嫁に行く気はありませんから……」

どうやら、おみのは虚勢《きよせい》を張っているふうでも、嘯《うそぶ》いているようでもなさそうである。

「そうですか……。解りました。おみのがそこまで自分の力で才造さんの墓を建てたいというのであれば、わたくしはもう何も言いません」

半月前、おりきとおみのの間で、そんな会話がなされたのである。

そうして、三月の末、才造の一周忌を期に、墓碑が建てられた。

高さ一尺ほどの小さな墓だが、墓碑には、海男《うみおとこ》　才造、と刻《きざ》まれているではないか……。

海男とは、おみのの才造への餞《はなむけ》の言葉……。

いかにも、兄思いのおみのらしい気遣《きづか》いではないか。

そして、花立ての中には、紫色の野路菫《のじすみれ》が数本……。

「これね、あんちゃんの好きだった花なんですよ」

おみのは野路菫を花立てに挿《さ》しながら、照れ臭《くさ》そうにぽつりと呟《つぶや》いた。

そうして、住持《じゅうじ》に墓の前で経《きょう》を上げてもらい、現在《いま》こうして、おりきとおみのは帰《き》路《ろ》についているのだった。

「おみの、才造さんはきっと悦んでおられることでしょう。もう、後《うし》ろを振り向くのは止《よ》しましょうね。これからは、前を向いて生きること！　そうすれば、必ずや、幸せが寄って来ます……。いいわね？」

おりきは脚《あし》を止め、おみのに微笑《ほほえ》みかけた。

街道まで下り、おりきは前方から歩いて来る女ごに気づき、目を瞬いた。

なんと、甲本屋《こうもとや》の内儀《ないぎ》、お延《のぶ》ではないか……。

お延の隣には、二歳ほどの幼児を抱いた婆やらしき女ごが……。

すると、この女《ひと》が甲本屋貴之助《きのすけ》が言っていた、婆やのお福《ふく》という女ごなのであろう。

お延はおりきの姿を認めると、小走りに寄って来た。

「まあ、立場茶屋おりきの女将さんじゃないですか！　お久しゅうございます。お佐《さ》保《お》の百日《ももか》の祝いでは、無理を聞いて下さり有難《ありがと》うございました」

お延が頭を下げる。

「こちらこそ、いつもお世話になっています。すると、このお嬢《じょう》さまが、お佐保ちゃん……。まあ、なんて愛らしいのでしょう！　現在《いま》は確か……」

「年が明けて、二歳になったばかりですのよ」

お延はそう言うと、お福に抱かれたお佐保を愛《いと》しそうに見る。

お佐保は人見知りが始まったばかりとみえ、恥ずかしそうにお福の胸に顔を埋《うず》めた。

「まっ、恥ずかしがって……。お智佳《ちか》は人懐《ひとなつ》っこくて、誰にでも愛想《あいそ》を振りまいていたのに、この娘《こ》は人見知りが激しくて……」

「このくらいの子は、皆、同じですことよ。含羞《はにか》んだところが、また可愛《かわい》いのですものね……。そう言えば、目のあたりがお智佳ちゃんにそっくりだこと！　二人とも、内儀《おかみ》さん似なのですね」

おりきがそう言うと、お延がくすりと肩を揺《ゆ》らした。

「皆さん、そうおっしゃいますのよ……。ふふっ、うちの男《ひと》ったら、それが気に入らないみたいでしてね……。一人くらい自分に似ていてもよさそうなものを、と零《こぼ》すものですから、あたし、言ってやったんですよ。あら、二人とも女ごの娘《こ》なのに、おまえさまに似ていると嫁の貰い手がなくて、先々《さきざき》、気を揉《も》むことになるのですからねって！　そうしたら、それもそうだなって……。男の子なら、父親似《てておやに》でも構わないのですがね」

お延はそう言うと、そっとお腹《なか》に手を当てた。

おやっと、おりきは目を瞠《みは》った。

どこかしら、お延のお腹が膨《ふく》らんでいるように思えたのである。

「内儀《おかみ》さん、もしかして……」

おりきが目をまじくじさせると、お延は嬉しそうにお腹に目をやった。

「六月《むつき》に入りましたの。今度こそ、男の子であってほしいのですけどね……」

「まあ、そうでしたの！　それはお目出度《めでと》うございます。では、予定は七月頃かしら？」

「ええ、暑い盛りで、お産《さん》は楽でないだろうと覚悟していますのよ。けれども、不思議でしょう？　お智佳を産《う》んだ後十年も次の子が授《さず》からなかったというのに、十年ぶりにお佐保が生まれたかと思うと、立て続けに三人目に恵《めぐ》まれたのですものね……」

お延が蕩《とろ》けそうな笑《え》みを見せる。

では、貴之助とお延の間は円満にいっていて、貴之助の頭の中には汀《なぎさ》のことはもう寸毫《すんごう》もないということなのであろうか……。

結句、本木《もとき》に勝《まさ》る末木《うらき》なしといって、収《おさ》まるべきところに収まったということなのであろう。

「では、さぞや旦那《だんな》さまもお悦びのことでしょうね」

「ええ、今度こそ、男の子を産んでくれと言っていましてね……。入り婿《むこ》は自分の代で絶《た》やしたいと願掛《がんか》けまでしたようですが、さあ、これればかりは生まれてみませんとね……」

お延は、ねえ？　とお福に目まじした。

「こちらが、婆やのお福さんなのですね？」

おりきがお福に目をやると、お福は慌てて辞儀《じぎ》をした。

「ご挨拶《あいさつ》が遅れて、申し訳ありません。お福と申します」

「旦那さまからお聞きしていますよ。お智佳ちゃんの世話をしていた婆やが、内儀《おかみ》さんが二人目を産むと聞きつけ息子の家から駆けつけて来てくれたと……。痒《かゆ》いところに手が届くような女ごなので、これからは使用人というより身内と考えてやろうと思うと、そんなふうに言われていましたわ」

「ええ、そうなんですよ！　あたしがどれだけお福のことを心強く思っていることか……。お福がいなければ、とても二人の、いえ、三人の子は育てられません。正《まと》な話、お福には頭が上がりませんの」

お延の言葉に、お福が挙措《きょそ》を失う。

「内儀《おかみ》さん、ご冗談を！　あたしはお嬢さま方の傍《そば》にいて世話をさせてもらえるのが、何よりなんですから……。あたしのほうこそ、出戻りを快《こころよ》く迎えてもらえて、これほど有難いことはありません」

お福が気を兼ねたように言う。

おりきが見るに、どうやらこのお福が、貴之助とお延の潤滑油《じゅんかつゆ》の役目を果たしているようである。

と言うのも、二年前のことである。

これまで石部金吉金兜《いしべきんきちかなかぶと》で徹《とお》してきた貴之助が、あろうことか娘お智佳の三味線《しゃみ》の師匠汀に心を奪《うば》われ、せめて想いを伝えるだけなら、と意を決して胸の内を打ち明けたところ、なんと、汀も貴之助のことをずっと慕《した》っていたというではないか……。

甲本屋の婿養子の貴之助は何もかもを打ち棄《す》て、汀と運命を共にしようと決意したが、運命とはなんと皮肉なものか、お延が二人目の子を懐妊《かいにん》したというのである。

お智佳が生まれてから十年も子に恵まれなかったというのに、家を出ようと決意した現在《いま》になって……。

元々、子煩悩《こぼんのう》で実直《じっちょく》な貴之助には、身重《みおも》の女房と子を捨てることなど出来ようもない。

貴之助は女房に子が出来たことを汀に打ち明けようと、北馬場町《きたばばちょう》の仕舞《しも》た屋を訪ねた。

ところが、まさかその夜、二人が初めて情を交《か》わすことになろうとは……。

そのときのことを、貴之助はおりきにこう打ち明けた。

「あたしほど罪作《つみつく》りな男はいません。汀さんとはきっぱり区切《けじめ》をつけなければと思っていたのに、昨夜、お延が身籠《みご》もったことを打ち明けに行ったとき、あたしはあの女《ひと》と……」

貴之助は唇を嚙《か》み締《し》め、ぶるるっと肩を顫《ふる》わせた。

「それまで堪《こら》えに堪えてきたというのに、いよいよ別れる段になり、理《わり》ない仲になるとは……。互《たが》いの心の中に、これが最後だからという思いがあったからなのでしょうが、虫籠《むしかご》の中で螢《ほたる》がきらりと儚《はかな》げな光を放っているのを見ていると、いつしか二人は身体《からだ》を合わせていましてね……」

「螢？」

「ええ、北馬場町に行く途中、螢売りから求めたのですが、あの女《ひと》が螢を見て、籠の中の螢がまるであたしたちみたいだと……。籠の中では恋が成就《じょうじゅ》するかどうか解らないし、成就できたとしても、泡沫《うたかた》の恋……、籠の中で果てていくのですもの……、とそう言ったんですよ。今思えば、あたしたちの恋は螢のようなもの……。今朝、あの女《ひと》は別れも告げず、あたしの前から去って行ってしまったのですから……」

「今朝、汀さんが去ったとは……」

「いえね、夕《ゆう》べ、あたしがお延のお腹に赤児《やや》がいると告げましたところ、まるで計《はか》ったかのように、あの女《ひと》が深川《ふかがわ》のお師《し》さんの体調が悪く、家元の座を譲《ゆず》りたいので戻って来てくれと言われていたのだと打ち明けましてね……。嘘《うそ》だというのはすぐに解《つ》りました。あの女《ひと》はあたしに後ろめたい思いをさせないために、敢《あ》えてそんな嘘を吐いたのだと……。だが、そのときは、いつここを発《た》つとまで言っていなかった……。それなのに、今日、別れるに際し餞別《せんべつ》のひとつでもと思い訪ねてみると、仕舞た屋は蛻《もぬけ》の殻《から》……。家財道具も一切《いっさい》なければ、部屋の中が塵《ちり》ひとつないほどに片づいていましてね……。それで、慌てて隣の家の女ごに訊《たず》ねたところ、五ツ半（午前九時）頃に道具屋がやって来て、家財道具一式を引き取っていったというではありませんか……。しかも汀さんは四ツ（午前十時）前には出て行ったと……。それで、どこに行くと言っていたのかと訊ねると、行き先は言わなかったが、旅支度《たびじたく》をしていたというではありませんか！　深川に戻るのに、遠出《とおで》の出《い》で立ちをするでしょうか……」

貴之助は途方《とほう》に暮れた顔をした。

咄嗟《とっさ》に、おりきは汀は旅に出たのだと思った。

すると、貴之助は思い出したように呟いた。

「そうだ！　隣の女ごが言うには、あの女《ひと》が部屋の中に虫籠を残していたとか……。螢は死んでいたそうですが、あの女《ひと》が虫籠を残していったことに何か意味があるのだろうかと思うと、あたしは……」

貴之助の目に涙が盛り上がった。

抱いて下さい、今夜だけ……、と貴之助の胸に飛び込み、一夜《ひとよ》だけ激しく燃え、そして、夜明けと共に消える螢のごとく消えていった汀……。

「あたしはあの女《ひと》が恋しくて、愛しくて……。気づくと、四ツ手（駕籠《かご》）に揺られていました。六郷《ろくごう》まで行けば、あの女《ひと》の足取りが判るかもしれないと思ったのですが、ふふっ、今更《いまさら》、追いかけたところで、どうにもならないというのに……。あたしは四ツ手に揺られながら、泣きたいだけ泣きました。そうして、女将さん、おまえさんのことを思い出しましてね……。誰か一人でも、あたしのこの想いを解ってほしい。それでなければ、この先、何事もなかったかのような顔をして、甲本屋の主人《あるじ》を務《つと》め、お延のよき亭主、お智佳のよき父親《てておや》は務められない……。こんな世迷《よま》い言《ごと》に耳を傾けて下さり、傷《いた》み入ります」

そうして、去年の四月のことである。

甲本屋が、正月明けに生まれたお佐保の百日の祝いを、立場茶屋おりきで催《もよお》したいと言ってきた。

それも急な話で、翌日の晩というのである。

ところが、四月といえば参勤交代《さんきんこうたい》の真《ま》っ只中《ただなか》で、広間までが埋まっていた。
それで、仕出しとして、それも竹籠弁当《たけかごべんとう》とは別に刺身《さしみ》盛《も》りをつけてということにな
ったのだが、貴之助は婆やのお福の膳《ぜん》まで用意させたのである。
百日の祝膳《いわいぜん》を依頼に来た貴之助は、おりきに繰言《くりごと》めいたことを零した。
お延は貴之助と汀のことに未《いま》だ気づいていなかったが、女ごの持つ動物的嗅覚《きゅうかく》とで
もいおうか、貴之助が第二子の誕生をさほど悦んでいないと見抜き、肥立《ひだ》ちがあまり
芳《かんば》しくなかったこともあり、何故《なぜ》、お智佳のときのようにお佐保を可愛がらないのか、
と貴之助にねちねちと厭味《いやみ》を募《つの》るようになったというのである。
「お佐保が可愛くないはずがありません。そりゃ、お腹の中にいた頃は、この子のせ
いで……、と恨《うら》めしく思ったこともありましたよ。だが、生まれてみると、これが愛
らしい娘《こ》で……。ところが、あんましお延から責められるものだから、どこかしら素
直になれなくて……。そんなとき、お福が戻って来てくれましてね。あっ、婆やのこ
とです……。不思議なものです。お福が一人加わっただけで、それまでぎくしゃくし
ていた夫婦《めおと》の間に光が射《さ》し込んだように思えてきて……。そのお福が言ってくれたの
ですよ。旦那さん、夢はいつかは醒《さ》めるものです、後ろを振り向いてちゃ駄目ですよ、
前を向いて生きること、旦那さんはこんなによい身内に囲《かこ》まれているじゃありません

かと……。あたしは頭から冷水をぶっかけられたように思いました。お福は汀さんとあたしのことなど何一つ知らないはずなのに、きっと何かを察したのでしょう……。あたしは目が醒《さ》めました。それからは、お佐保のことが可愛くて可愛くて……。現在《いま》では、お智佳に肝精《きもせい》を焼かれるほどでしてね。そんな理由《わけ》で、もうすっかり立ち直りましたので、改めて、あのときの礼を言わせていただきます」

おりきはそれを聞き、心《しん》から安堵した。

あれから、ほぼ一年……。

おりきは今初めて、お佐保と婆やのお福を実際に目にしたのである。

良かった！　内儀《おかみ》さんも幸せそうで……。

おりきはお福に抱かれたお佐保に微笑みかけた。

お佐保はやっと少しだけ心を許したようで、キャキャッと愛らしい声を上げ笑って見せた。

「女将さん、どちらに行かれたのですか？」

お延が訊ねる。

「ええ、妙国寺までお詣《まい》りに……。内儀《おかみ》さんこそ、どちらかにお出掛けですの？」

「それがね、これからお智佳の舞いの復習会《おさらいかい》がありましてね。初めての復習会なので、これはなんでも観《み》てやらなくてはと思いましてね……」

「まあ、お智佳ちゃんが舞いを……。それは愉《たの》しみですこと！」

「駄目、駄目！　これがまるきしへっぴり腰でしてね……。三味線《しやみ》の稽古《けいこ》を辞《や》めちまったものだから、何か一つ習わせようと思っただけで、本人はあまり気が乗らないみたいなんですよ。さあ、いつまで続くか……」

お延はつと眉根《まゆね》を寄せた。

「では、あまりお引き留《と》めしてもいけませんわね……。どうか、お身体をご自愛《じあい》下さいませ。お腹の赤児《やや》が無事にお生まれになった暁には、また是非《ぜひ》、立場茶屋おりきで祝わせていただきとうございます」

おりきは深々と頭を下げた。

「勿論《もちろん》ですことよ！　その節《せつ》はどうか宜《よろ》しくお願いしますね」

お延も頭を下げる。

おりきとおみのは、街道を北に歩いて行くお延たちを見送ると、再び、門前町《もんぜんちょう》へと歩き始めた。

旅籠に戻ると、達吉《たつきち》がおりきの顔を見て、思惑《おもわく》ありげににっと笑って見せた。

背中に両手を廻しているところをみると、どうやら何か隠しているようである。

「当ててみて下せえ。なんだと思いやす？」

恐らく、文《ふみ》であろうと思ったが、おりきはわざと訝《いぶか》しそうな顔をして、さあ……、と惚《とぼ》けてみせた。

「解りやせんか？　ほら、女将さんが心待ちにしていなさる……」

「わたくしが心待ちにしているといえば、どなたからかの文……」

「だから、誰からだと思いやす？」

ここまで来ると、さすがに、おりきも焦《じ》れったくなってしまう。

「もう……、大番頭さんは！　三吉からなのでしょう？」

「えっ、なんで解りやしたんで？」

「解りますよ。わたくしが首を長くして待ち構え、おまえがそこまで勿体《もったい》ぶる文といえば、三吉からの文以外にはありませんからね……」

達吉は拍子抜《ひょうしぬ》けしたような顔をして、渋々《しぶしぶ》と勿体ぶりながら、文を差し出した。

おりきの目が輝く。

この前、三吉が立場茶屋おりきに戻って来たのが、いや、訪ねた来たといったほうがよいかもしれないが、とにかく、顔を見たのが去年の七月で、すると、もう八月《やつき》にもなるとは……。

その後、文の一通も寄越《よこ》さず、正な話、おりきは心寂《うらさみ》しく思っていたのである。長患《ながわずら》いだった師匠加賀山竹米《かがやまちくべい》の母操《みさお》が亡くなり、これからは以前のように、揮毫《きごう》の旅の途中にちょくちょく顔を見せてくれるかと思っていたのに、三吉からはなんら音《おと》沙汰《さた》なし……。

便りがないのは良い便りといっても、つい、体調を崩《くず》しているのではなかろうか、何事かあったのではなかろうか、と案じてしまう。

「女将さん、早く読んで下せえよ……。三吉、また戻って来るって？」

達吉がせっついたように言う。

達吉にしてみれば、一刻《いっこく》も早く文を開けてみたいところを、おりきに見せるまでは、と辛抱《しんぼう》していたに違いない。

おりきは封書をはらりと解《ほど》いた。

そうして、すっかり能筆《のうひつ》となった三吉の文字を目で追い、まあ……、と頰《ほお》を弛《ゆる》める。

「えっ、なんだって？　三吉、なんて書いてきたんでやすか？」

達吉が身を乗り出す。

「三吉の縁談が纏まったそうです……」

おりきは達吉に文を手渡した。

「なんだって！　三吉に縁談だって？」

達吉はもどかしそうに文を手にしたが、ありゃありゃ、ありゃありゃ……、と呟きながら目で文字を追った。

「なんと、筆屋京泉堂《ふでやきようせんどう》の娘と目出度く縁組が調《ととの》っただとよ……。相手の娘は二十三歳、てこたァ、三吉より二つ歳上《としうえ》ってこと……。そりゃまっ、歳上の女房は鉦《かね》や太鼓《たいこ》を叩いても捜《さが》せというから、悪《わり》ィこたァねえんだが、三吉はやっと二十一になったばかりだぜ？　些《いささ》か早《はえ》ェんじゃありやせんか？」

達吉がおりきをちらと窺う。

「常並《つねなみ》に考えれば、三吉は男なので些か早いようにも思えます。けれども、三吉は耳が不自由ですからね……。恐らく、竹米さまは三吉の耳となる伴侶《はんりよ》をと思われたのではないでしょうか……。それに、筆屋京泉堂といえば、京でも老舗《しにせ》と聞いています。そこのお嬢さまというのですもの、絵師の女房には最適といってもよいのではないでしょうか……」

「それで、三吉の奴、納得してるんでしょうかね？」

「納得しているのでしょうね。だから、知らせてきたのでしょうし、この文面からみるに、三吉に躊躇《ためら》っている節《ふし》は見当たりませんもの……」

「けど、祝言《しゅうげん》の日取りとか、所帯を持ったらどこに住むのかといった、詳《くわ》しいことが何も書かれてねえ……」

「此度は取り敢えず縁組が決まったことだけを知らせてきたのでしょう。詳しいことは追々《おいおい》にということではないでしょうか……。どちらにしたって、目出度いことです。実はね、わたくしも前々《まえまえ》から三吉には早く所帯を持たせたほうがよいと思っていましたの……。けれども、そう思う一方で、耳の不自由な三吉の許に来てくれる女《ひと》がいるだろうかと案じてもいました……。ですから、こんなに嬉しいことはありません。恐らく、此度のことは竹米さまの気遣いなのでしょうが、有難いことです」

おりきがしみじみとした口調で言う。

「けどよ、あっしにゃ、もうひとつ解《げ》せねえ……。加賀山さまは先々代の頃まで金沢《かなざわ》藩《はん》の禄《ろく》を食《は》んでいなさったが、何があったのか禄離《ろくはな》されになったとか……。長《なげ》エこと浪々の身だったが、仕官なんていつ叶《かな》うかしれねえ……。それで、いつ叶うやもしれねえ仕官の道に縋《すが》りついてるよりは、と加賀山さまを絵師の道に進ませたのが御母堂《ごぼどう》だとか……。吉野屋さまの話じゃ、あの操さまが涙ぐましいまでの我勢をして、小間物屋を営《いとな》みながら加賀山さまを一流の絵師に押し上げたというじゃありやせんか……。小間
それに聞いた話じゃ、確か、加賀山さまは妻帯《さいたい》していなさらねえと思いやすが、違い
やすか？」
達吉が喉《のど》に小骨でも刺《さ》さったかのような顔をする。
おりきは頷《うなず》いた。
「吉野屋さまの話では、操さまがあまりにも才弾《さいはじ》けた賢母《けんぼ》で、そのため、竹米さまは
他の女ごに目を向けられなかったのだとか……。けれども、それは吉野屋さまが言わ
れることで、もしかすると、竹米さまには好いたお女《ひと》がいたのかもしれませんね。操
さまに気を兼ねて、なかなか言い出すことが出来なかったとも考えられます……」
「だったら、おっかさんが亡くなった現在《いま》こそ、その女ごと所帯を持てばいいのに
……。三吉に嫁を持たせるより、そっちが先だと思うが、なんで加賀山さまは自分が
所帯を持とうとしねえんだろう……」
達吉が首を傾《かし》げる。
「さあ、それは……。まあ、なんでしょうね、達吉は！　竹米さまには竹米さまの考
えがおありになるのでしょうし、何はともあれ、三吉には願ってもない話なのですも

の、悦んでやりましょうよ！　琴音《ことね》……。なんて可愛らしい名前なのでしょう！」

おりきがそう言うと、達吉が、琴音？　えっ、名前《なめえ》が書いてありやした？　ともう一度文を手にする。

「ホントだ……。京泉堂琴音って、ちゃんと書いてあらァ……」

と、そこに、潤三《じゅんぞう》が文の束《たば》を手に、帳場に入って来た。

飛脚《ひきやく》は午前と午後の二回に分けて配達してくるので、恐らく、これは予約の文だろう。

潤三はおりきの傍までやって来ると、一通の文を差し出した。

「京の加賀山竹米さまからでやす。午前中に三米《さんぺい》さまから届いたかと思うと、今度も竹米さまからとは、一体《いってえ》どうしたことでしょうね？」

三吉の文の内容を知らない潤三は、怪訝《けげん》そうな顔をした。

「おっ、来た、来た……。女将さん、早《はえ》ェとこ読んで下せえよ」

おりきが文に目を通す。

加賀山竹米からの文は、此度、三米に目出度く縁組が調った、相手は南禅寺《なんぜんじ》近くの筆屋京泉堂の次女で、名は琴音、歳は二十三歳で三米より二歳年上だが、器量《きりよう》よしで心根の優しい才媛《さいえん》なので、三米には勿体ないほどの娘御《むすめご》である、京泉堂は京でも名だたる大店《おおだな》で、持参金は百両、京泉堂では伏見《ふしみ》の別荘を二人の新居に分け与えるそうなので、なにひとつ案じることはない願ってもない良縁であるとあり、祝言は五月十日、瓢亭《ひょうてい》にて行われるので、是非にも立場茶屋おりきの女将に列席してもらいたいと……。

「それで、どうなさいやす？　行かれやすか、京に……」

達吉がおりきを窺う。

「行けるわけがありません。京まで行くとなると、行き帰りや向こうでの滞在を含め、一月《ひとつき》は見世《みせ》を空《あ》けることになります。女将が一月《ひとつき》も留守をするなど許されたことではありませんからね……。それこそ、おきちがもう少ししっかりしてくれていて、若女将が務まるようなら話はまた別ですが、現在《いま》のおきちに委《まか》せることは出来ません」

おりきが困じ果てた顔をする。

すると、達吉がポンと膝《ひざ》を叩いた。

「そう、おきちよ！　女将さん、おきちを女将さんの名代《みょうだい》として京まで行かせちゃどうでやす？　おきちにゃ女将の代理は務まらなくても、三吉の祝言に列席することは出来る……。それに、なんと言っても、三吉とおきちは双子《ふたご》の兄妹《きょうでえ》なんだからよ……。兄さんの晴れの舞台に列席するのは筋が通ってるってもんでェ」

ああ……、とおりきも納得する。

「そうでしたわ！　三吉にはおきちはたった一人の肉親ですものね。けれども、おきちを一人で京に行かせるのは……。あの娘《こ》、これまで一度も品川宿《しながわしゅく》を離れたことがないのですよ」

「そうだよなあ……。うら若ェ女《わけ》ごを一人で旅に出させるわけにはいかねえよな……。じゃ、誰かを供《とも》につけたらどうでやしょう？」

達吉がそう言うと、潤三が遠慮《えんりょ》がちに割って入る。

「誰かをつけるといっても、一体《いってえ》、誰をつけるので？」

「そうよのっ……。瓢亭と言ャ、京でも指折りの料理屋だ……。元は南禅寺惣門《そうもん》外の腰掛茶屋《こしかけぢゃや》だったそうだが、料理屋の看板を挙《あ》げて久しく、現在《いま》じゃ、名店中の名店だからよ。その意味からいえば、後学《こうがく》のために板場衆《いたばし》がついて行くといいんだろうが、巳之《みの》さんは駄目だ！　巳之さんが旅籠を空けるってことは女将さんが見世を空けるのと同様で、忽《たちま》ち立場茶屋おりきの板場が廻らなくなっちまうからよ……。板脇《いたわき》がいるといっても、市造《いちぞう》は未だに味覚減退《みかくげんたい》のままだし、それに連次《れんじ》じゃよ……。あいつにおきちを託《たく》すのは心許《こころもと》ねえなんてもんじゃねえからよ。弱ったぜ……。誰もいねえじゃねえか！」

達吉が腕を組み、うーんと唸《うな》る。

「大番頭さんが言うように、確かに板場衆がついて行けば、京料理を目でも舌でも学ぶことが出来るのですが、安心しておきちを託すとなったら、信頼して託せる男《ひと》でなければ……。そうだわ！　達吉か潤三のどちらかがついて行くというのはどうでしょう」

おりきがそう言うと、達吉と潤三がえっと顔を見合わせる。

「俺《おり》ャ、駄目だ！　なんと言っても歳だからよ。とても京までの長旅は出来ねえ……。潤三、おめえがついて行きな！　おめえなら、何があっても動じず、その才覚《さいかく》で切り抜けられるだろうし、第一《でえいち》、若《わけ》ェ……。それによ、立場茶屋おりきの番頭として列席するんだから、京泉堂にも顔が立つってもんでよ」

「えっ、あっしがでやすか？」

潤三が狼狽《うろた》え、おりきを見る。

「潤三、わたくしもそれがよいと思いますよ。大坂《おおざか》までは海路を使うとよいでしょう。それなら、いくらか楽でしょうからね」

潤三は暫《しば》し考え、解りやした、と頷いた。

「これも、よき番頭となる修業の一つと考えやしょう」

「では、四月下旬に出立《しゅったつ》できるように、何かと仕度をしておかなくてはなりませんね。

その前に、おきちにこのことを伝えなければ……。潤三、おきちをここに呼んで下さいな」

「へい」

潤三が帳場を出て行く。

おりきは達吉と顔を見合わせ、微苦笑《びくしょう》した。

正な話、嬉しいはずなのにどこか不安といった、複雑な胸中《きょうちゅう》なのである。

三吉の縁談が纏まったと聞き、おきちの顔からさっと色が失《う》せた。

「あんちゃんが祝言を挙げるって……」

「どうしました？　おきち、嬉しくないのですか？」

おりきが訝しそうな顔をする。

「………」

おきちは慌てて目を伏せた。

「嬉しくねえはずがねえよな？　あんまし突然のことなんで、驚いただけだよな？」

達吉がおきちの顔を覗き込む。

「…………」

「おきちが驚くのも無理はありません……。わたくしたちもまさか三吉がこんなに早く所帯を持つとは思っていませんでしたので、文を貰ったときには俄《にわか》に信じられませんでしたが、三吉の文を追いかけるようにして竹米さまからも文が届き、それでやっと、夢ではなく現実のことだと悟《さと》ったのですものね……」

「女将さんが言われるように、俺も三吉が所帯を持つのはまだ少し早ェ《はえ》ような気がした……。けどよ、三吉は耳が不自由だ。いくら、現在《いま》では絵師として引く手数多《あまた》といっても、やっぱし、客との間に立って渡引《わたりひき》する者がいねえとな……。それによ、加賀山さまの文の文面から見るに、どうやら、この話は京泉堂のほうが乗り気と思えるからよ……。相手は筆屋だ。絵師の才を見抜く目にかけては群を抜いているだろうから、三吉、いや、加賀山三米の腕を高く買っているってこと……。それで、大切《てえせつ》な娘を三吉に託すことにしたのだと思うぜ。こんなに良い話があろうかよ！　なっ、おきち、妹として悦んでやることだな……」

　達吉が仕こなし顔に言い、これでいいですね？　とおりきに目まじする。

「大番頭さんの言うとおりです。これは三吉にとって願ってもない話なのですよ。それでですね、竹米さまの文によると、祝言は五月十日、京の瓢亭という料理屋で行われるそうでしてね……。竹米さまは三吉の親代わりとして、是非にも、わたくしに参列をと言ってこられました……。けれども、わたくしが一月《ひとつき》近くも見世を空けるわけにはいきません。それに、三吉の親代わりといえば、加賀山竹米さまですからね。ですから、立場茶屋おりきからは、おきち、おまえに参列してもらうことにしました。おまえは三吉の妹なのですから、参列するのは当然のこと……。いえ、何も一人で京まで行けというのではないのですよ。若い娘を一人で旅に出させるわけにはいきません。それで、潤三に供をさせることにしました……」

おきちがえっと顔を上げ、潤三に目を据《す》える。

「大丈夫ですよ。潤三ならば、必ずや、おまえを護《まも》ってくれます。ですから、四月下旬に出立なさい。すべての手配はわたくしがしておきますので、おきちは心積《こころづ》もりだけしておいて下さいな。解りましたね？　おや、どうしました、その顔は……。行きたくないとでもいうのですか？」

おきちはきっと唇を結び、おりきを睨《にら》みつけた。

「行きたくないわけでも、あんちゃんが嫁取りをすることが嫌なわけでもないけど、なんで男のあんちゃんに縁談があって、女ごのあたしにそんな話が来ないのかと思って……。あんちゃんとあたしは同《おな》い歳《どし》ですよ。歳が同じなら、普通、女ごのほうが先に嫁に行くのじゃありませんか？」

おきちの言葉に、おりきと達吉が驚いたように顔を見合わせる。

「おきち、お待ちなさい！　おまえ、そんなことを考えていたのですか……。驚きました。だって、おまえは三代目女将になるべく修業の身なのですよ。三吉とは立場が違います！　現在《いま》、おまえがしなくてはならないのは、一日も早く若女将としてお客さまの前に出られるように修業すること……。それはね、おきちもいつかは所帯を持つことになるでしょうよ。けれども、それはまだずっと先のこと……。それとも、おまえ、三代目女将になるのが嫌だとでも？」

「嫌です……」

あっと、おりきと達吉は息を呑《の》んだ。

まさか、この期《ご》に及んで、おきちの口からこんな言葉が飛び出すとは……。

「あたし、一度も自分から三代目になりたいなんて言ったことがない……。女将さんが勝手に決めたんじゃないですか！　あたし、女将さんから言われたら、嫌だとは言えなかった……。だって、孤児《みなしご》となったあんちゃんとあたしを女将さんが引き取ってくれたんだもの、言われるままにしなくちゃならないと思って……。けど、いつの間にか、あたしが三代目女将ってことに決まってしまい、おうめさんからはいつも、そんなんじゃ女将になれないよ、と叱《しか》られるし、女将さんからは立ち居振る舞い、言葉遣《づか》いを注意され、好きでもない茶の稽古や活《い》け花をやらされるんだもの……。あたし、女将に向いてないんですよ。あたしには他人《ひと》の上に立てない！　それに、立ったところで誰もあたしの言うことなんか聞いてくれませんよ……」

「言うことを聞いてくれないって……。それは、おまえがまだ若いからですよ。修業を積み、ひと歳取って風格が加われば、旅籠衆《はたごし》のおまえを見る目も変わってくるでしょう……。焦《あせ》ることはありません。わたくしもまだまだ健在《けんざい》です。それに、おまえに女将の座を譲ってからも大女将として後見役《こうけんやく》を務めますので、安心していてもよいのですよ。わたくしだって、端《はな》から女将に適《てき》していたわけではありません……。先代が一から教えて下さったからこそ、現在《いま》のわたくしがあるのですからね」

おりきが諄々《じゅんじゅん》と諭《さと》す。

が、おきちは意地《いじ》張《ば》ったように、唇を真一文字に結んでいる。

「解りました。今ここで、おきちが三代目女将になるかならないかを話していても始まりません……。その件は改めて考えることにして、今話さなければならないのは、おきちに京に行く気があるかどうかということなのですが、どうなのですか？」

「だって、行かなきゃ、あんちゃんが哀《かな》しがるもの……」

達吉が呆《あき》れ返った顔をする。

「何言ってやがる！　娘なら、誰だって京に行きてェと思うもんよ。なんせ、江戸と違って、京には雅《みやび》な雰囲気が漂《ただよ》っているんだからよ……。そりゃそうと、女将さん、祝言には吉野屋も参列されるんでしょうな？　加賀山さまと亡き吉野屋の旦那は刎頸《ふんけい》の交《まじ》わりをしていなさったし、現在《いま》の当主幸三《こうぞう》さんは三吉と親《した》しくしていなさる……。さぞや、盛大な祝言となるのでしょうな」

達吉がそう言うと、おきちの顔にパッと輝きが……。

「えっ、吉野屋の旦那も……。だったら、あたし、悦んで行きます！」

「こいつ、なんて現金なんだ！」

達吉がおきちの肩をちょいと小突く。

「だって、知らない人ばかりじゃ心細いけど、吉野屋の旦那がいて下さるのなら心強いもの……」

おきちの頰に紅葉《もみじ》が散る。

おりきはおやっと思った。

吉野屋幸三が三吉に連れられ初めて立場茶屋おりきに来たのが、去年の七月のこと……。

幸右衛門《こうえもん》の死により吉野屋の当主となった幸三が、江戸の取引先に挨拶廻りをするために、三吉を道先案内としてやって来たのである。

幸三は幸右衛門の従妹《いとこ》の子で、当時、二十四歳……。

十六歳のときに、子宝《こだから》に恵まれなかった幸右衛門の養子として入り、番頭の下で修業をしていたという。

おりきが幸右衛門から養子のことを聞いたのはごく最近のことで、実際に逢《あ》うのはこのときが初めてであった。

幸三は幸右衛門とはさほど血の繋《つな》がりが濃《こ》いわけではないのに、どこかしら、仕種《しぐさ》や声が似ているように思えた。

あのとき、おりきは二階の客間に挨拶を済ませ、階下の広間へと廻ったのだが、三吉たちの接客はおきちが……。

おうめが気を利《き》かせ、敢えて、三吉におきちをつかせたと思えるのだが、なんと、おきちがいつになく緊張し、強張《こわば》った表情をしているではないか……。

心なしか、頰が紅潮《こうちょう》しているようにも見えた。

おりきはおきちの表情を見て、おやっと思った。

三吉に逢うのが二年ぶりだからといっても、ここまで緊張するとは……。

その疑問が解《と》けたのは、ひと通りの挨拶を済ませ、三吉が品川から先は幸三が一人で行き、自分は竹米から一廻《ひとまわ》り（一週間）ほどゆっくりしてこいと言われていると打ち明けたときである。

「まあ、一廻りも……。おきち、良かったですね！」

「はい」

おりきとおきちが顔を見合わせると、幸三がさっと割って入った。

「三米さんに双子の妹がいると聞いていましたが、なんて見目麗《みめうるわ》しいのでしょう！　想像していた以上でした。ああ、これで、あたしも立場茶屋おりきに来る愉しみが増えたというもの……。義父《ちち》が女将さんにぞっこんだったように、今度はあたしがおきちさんにぞっこんとなるかもしれませんぞ！」

すると、おきちは耳まで紅《あか》くした。

成程、おきちの緊張は幸三のせいだったのである。

幸右衛門がそうだったように、幸三には京男の持つ、はんなりとした雰囲気がある。

江戸者の持つ鯔背《いなせ》で勇《いさ》み肌なところはないが、逆に、雅な印象がおきちには新鮮に映《うつ》るのであろう。

が、そのときはそれだけで終わった。

ところが、幸三は江戸からの帰りに、再び、立場茶屋おりきに泊《と》まったのである。

そのときの接客もおきちで、おうめの話では、おきちが自ら買って出たというから、幸三に関心を寄せているのは一目瞭然《いちもくりようぜん》……。

が、おりきは敢えて容認《ようにん》し、おきちのやりたいようにやらせた。

いずれ、おきちは三代目女将……。

おりきと幸右衛門が強い信頼で結ばれていたように、おきちにも幸三と揺るぎない信頼関係を築《きず》いてほしい……。

とは言え、それは決して男と女ごの関係というのではない。

おりきはそう思っていたのだが、今のこのおきちの燥《はしや》ぎようはどうだろう……。

おりきの胸につっと不安が過ぎった。

まさか、おきちは莫迦《ばか》なことを考えているのではなかろうか……。

が、おりきはつと過ぎった懸念《けねん》を振り払うと、おきちに目を据えた。

「おきち、此度の京行きは物見遊山《ものみゆさん》ではないのですからね。三吉の祝言に立場茶屋おりきの名代として参列することを忘れないで下さいよ」

おきちはぷっと頬を膨らませ、はい、解ってます！　と答えた。

おきちが帳場を去ると、達吉がおりきの顔を気遣わしそうに窺った。

「驚きやしたぜ……。おきちが三代目女将になるのが嫌だとは……」

おりきも眉根を寄せる。

「わたくしもおきちがそんなふうに思っているとは知らなかったので、恐惶《きょうこう》を来《きた》してしまいました……。けれども、言われてみれば、わたくしにもあの娘《こ》の気持をよく確かめもしないで、決めつけていた節があるのですよね」

「けど、ここに来たばかりの頃、あいつ、女将さんの養女にでもなったかのような気でいたし、それればかりか、てめえのほうから養女にしてくれと言い出したんでやすぜ？」

確かに、達吉が言うとおりなのである。

あれは、おきちが十六歳の頃のことだったと思う。

おりきが井戸端で多摩《たま》の花売り喜市《きいち》が持って来てくれた連翹《れんぎょう》の枝に鋏《はさみ》を入れていると、おきちが思い詰めたような顔をして、井戸端へと寄って来た。

「おや、どうしました？」

おりきが訊ねると、おきちは口惜《くちお》しそうに唇をきっと噛み締めた。

「女将さん、あたしは女将さんのなんですか？」

「何って……」

おりきは意味が解らず、目を瞬いた。

「だって、女将さんはあたしを立場茶屋おりきの三代目女将にすると言われたじゃないですか！　それって、女将さんの養女になることでしょう？　それなのに、まだ、あたしは女将さんの娘じゃない……」

あっと、おりきは息を吞んだ。

「まあ、おきちはそんなことを考えていたのですか……。女将はね、別に養女でなくても継《つ》げるのですよ。わたくしも先代とは養子縁組をしないままにこの立場茶屋おりきを継ぎました。それで、そのことについては何も考えていなかったのですが、おきちがその気ならば、わたくしはいつでもおまえを養女に迎えますよ」

「そうしたら、女将さんのことをおっかさんと呼んでもいいのね？」

「ええ、勿論ですよ」

「……………」

おきちの目にわっと涙が溢《あふ》れた。

「まあ、どうしました？」

おりきはおきちを引き寄せると、そっと抱《かか》え込んだ。

おきちは堪えきれずに、肩を顫わせた。

「おいねちゃんが……。おいねには義母《かあ》さんがいるし、みずきちゃんには八文屋《はちもんや》におっかさんがいる、おっかさんがいないのはおきち姉ちゃんだけだねって、そう言うの。それで、あたし、悔《くや》しいもんだから、女将さんがあたしのおっかさんなんだって言ってやったの。そしたら、おいねちゃんたら、女将さんは立場茶屋おりきの皆の女将さんじゃないかって……。あたし、悔しくって……」

「まあ、おいねちゃんがそんなことを……。おきち、安心なさい。わたくしはおまえのおっかさんですよ。これまでは立場茶屋おりきに集《つど》う仲間すべてのおっかさんと思って来ましたが、そうね、いずれ、おきちに女将の座を譲るのですもの、はっきりさせていたほうがよいでしょうね」

おりきは微笑むと、手にした母子《ははこ》草《ぐさ》をおきちの目の前に翳《かざ》して見せた。

「これはなんだと思います？　御形《おぎょう》、母子草ですよ」

「えっ、これが御形？　あたし、花が咲いたところを初めて見た……」

「多摩の喜市さんが選んで下さった草木の中に、一輪だけ混じっていましてね。この花を手にした途端《とたん》に、おきちからそんなことを言われるなんて……。なんだか、不思議な気がします」

「御形が母子草か……。いい名前だね。けど、あたしたち、こんな花が咲くとも知らずに、春の七草だと摘《つ》んでたんだね」

そんなことがあり、おきちを正式におりきの養女として届け出て、五年……。

その間、おきちの中でそんな変化があったとは、おりきは露《つゆ》ほども気づいていなかったのである。

思うに、口で言うのと、実際に女将修業をするのとでは違うということなのであろう。

女将は使用人に指示を与え客に挨拶をして廻ればそれでよいのではなく、使用人を束ねたり、客からの注文や苦情を聞き、すべての責めを負《お》わなければならない。

女将として肝心《かんじん》なのは、人の心を摑むこと……。

簡単そうに見え、これがなかなか、誰でもがやれることではないのである。

察するに、おきちも実際に旅籠衆の中に混じってみて、やっとそのことに気づいたのであろう。

あたしには出来ない……。

だって、女将さんのように年中三界《ねんじゅうさんがい》旅籠や茶屋のことだけを考え、好きな男《ひと》とも添えないなんて……。

それより、あたしは普通の女ごでいたい。

誰かの許に嫁ぎ、子を産み、良きおっかさんでいるほうがいい……。

仮に、おきちの中にそんな想いが芽生《めば》えていたとしたら……。

すると、達吉はおりきの想いなど意に介《かい》さず、更《さら》に続けた。

「やっぱ、おきちを養女にするのは早かったんじゃ……。もう少し様子見をしてからでもよかったように思いやすが……」

「それはどういうことですか？」

「だからよ、もしもこの先、おきちが男を拵《こしら》え、嫁に行きてェと言い出したらどうしやす？　女の心と秋の空といって、あのくれェの年頃の女ごの心ほど変わりやすいものはねえんだからよ……」

おりきが啞然《あぜん》とした顔をする。

「何を言ってるのでしょうね、達吉は……。仮に、おきちに好きな男《ひと》が出来て、相手に問題がないとしたら、わたくしの娘として悦んで嫁に出してやるまでです……。わたくしはあの娘《こ》を養女にしたことに悔《く》いはありませんよ。ただ、三代目の件となると、今少し考えなければなりませんね……」

「じゃ、女将さんはおきちはこのまま養女のままで構わなくて、その養女が三代目を継がなくてもよいと言われるのでやすね？」

達吉が目をまじくじさせる。

「仕方がありませんわ……。立場茶屋おりきの女将というものは、そんなに簡単なものではありませんからね。肝心なのは、この仕事が心《しん》から好きかどうかということ……。おきちを見ていると、どこかしら、それが足りないように思えます。寧ろ、おうめやおみののほうが余程《よほど》この仕事に心血《しんけつ》を注《そそ》いでいますからね……。そう、お客さまに接することを天職のように思っているのですよ。とは言え、おうめは六十路《むそじ》近く……。おみのもわたくしと四歳しか違わないのでは、三代目を託すわけにはいきませんからね……」

おりきが肩息《かたいき》を吐く。

「じゃ、おてちん（お手上げ）ってことかよ……」

「とにかく、おきちのことはもう少し様子を見ることにしましょう。あれでも、また気が変わるかもしれません。それに、何もうちの女衆《おなごし》の中から考えることはないのですものね……」

　おりきがそう言うと、達吉がえっと目を瞠る。

「てこたァ、女将さんは余所《よそ》から三代目を連れて来てもいいと？」

「いえ、そういうわけでは……。ただ、わたくしと先代の出逢《であ》いを考えると、物事はいつどんなふうに変わるか判らないということ……」

　おりきは昔を懐《なつ》かしむかのように、目を細めた。

　達吉も頷く。

「そう言ャ、そうでしたよね……。先代は二代目のことなんて微塵芥子《みじんけし》ほども考えちゃいなかった……。そこに、当時、立木《たちき》雪乃《ゆきの》と名乗っていた女将さんがひょっこり現れたんだもんな……。しかも、その出逢いというのが、品川の海に身を投じようとした女将さんを、既《すんで》の所で先代が引き止めたってんだからよ……。人の運なんて、どこでどう変わるやもしれねえ……。あのとき、先代は女将さんの中に何かを見出《みいだ》したんだろうな。それで旅籠に引き取り、女将修業をさせた……。あっしは長《なげ》ェこと先代に仕《つか》えてきたが、先代の他人《ひと》を見る目の確かさには、頭の下がるような思いがしやしたからね……。先代が雪乃を二代目女将として仕込むと言われたときには、正な話、あっしは度肝《どぎも》を抜かれやしたぜ。客商売《きやくしようべえ》など一度もしたことのねえ女ごを、女将とは……。そう思い、あっしは止したほうがいいと口を酸《す》っぱくして言ったんだが、先代は頑《がん》として聞き入れちゃくれなかった……。けど、三月《みつき》もすると、あっしも先代の目に狂いはなかったと悟りやしてね……。おりきさん、女将さん、いや雪乃さん、おめえさんは立場茶屋おりきの女将になるべくして生まれてきなさったんだよ！」

「ええ、わたくしもそう思います。時折、ここに来るまでのわたくしの人生はなんだったのだろうかと思うことがありますのよ。先代が真《しん》のわたくしを見出して下さったのだと……」

　達吉が納得したとばかりに頷く。

「解りやした……。先代と女将さんの出逢いのようなことが、再び起きるかもしれねえってことなんでやすね？」

　おりきは首を傾げた。

「さあ、それは判りませんが、わたくしね、なんだか先代が導《みちび》いて下さるような気がして……」

「そうかもしれやせんね。おっ、そうとなったら、早速《さっそく》、明日にでも先代の墓に詣るとしよう！」

　達吉が戯《おど》けたように言う。

おりきはほっと息を吐いた。

こうしていつも、達吉はくさくさしかけたおりきの気持を和《なご》ませ、慰《なぐさ》めてくれるのである。

おりきは胸の内で、大丈夫、大丈夫、皆がついていてくれるのですもの、と呟いた。


刻《とき》はそろそろ五ツ半（午後九時）を廻ろうとしていた。

甲本屋貴之助は北本宿《きたほんしゅく》の料亭での寄合《よりあい》を抜け出すと、立場茶屋おりきへと急いでいた。

たった今、寄合の席で小耳に挟《はさ》んだことがどうにも気懸《きが》かりでならず、胸の内を誰かに聞いてもらわなければ、真《ま》っ直《す》ぐ家に戻る気になれなかったのである。

今宵《こよい》の寄合は謂《い》わば親睦会《しんぼくかい》といってもよく、三月《みつき》に一度、町内のお店《たな》の主人《あるじ》が盃《さかずき》を酌《く》み交《か》わし、世間話に興《きょう》じるといったものなので、従って堅苦《かたくる》しい話は一切なく、どこの誰に縁談があったとか、どこそこのご隠居がもうあまり永《なが》くないらしいといった類《たぐい》の話ばかり……。

当然、甲本屋に第三子が生まれることも話題となった。

「此《こ》の中《じゆう》、甲本屋さんはお目出度続きではないですか！　長女が生まれた後、なかなか次の子に恵まれなかったが、去年、二人目が生まれたかと思ったら、立て続けに、三人目に恵まれたのですからね……。今度こそ、男子！　ねっ、おまえさん、そう思っているんでしょう？」

半襟屋《はんえりや》の庄助《しようすけ》がそう言うと、袋物屋《ふくろものや》の半次郎《はんじろう》が、いやいや、と人差し指を振ってみせた。

「代々《だいだい》、甲本屋は女系《じよけい》ですからな……。先代、先々代と、皆、入り婿ではないか！　貴之助さんも入り婿だし、現在《いま》いる二人の子も女ごの娘《こ》……。あたしは今度も女ごと見ましたぞ」

まったく、他人《ひと》の家のことだと思い、皆、言いたい放題……。

が、貴之助は平然とした顔をして、無事に生まれてくれれば、あたしは男でも女ごでもいいんですよ、と答えた。

すると、道具屋の番頭夏次《なつじ》が思い出したように、全員を見廻《みまわ》した。

「そう言えば、一廻りほど前に懐かしい女《ひと》に逢いましたぞ！　皆さん、北馬場町にいた三味線《しやみ》のお師《し》さん、汀というちょいと小色《こいろ》な女ごを憶《おぼ》えてやすか？　ほれ、二年前《めえ》、突然姿を消しちまった、あの女《ひと》でやすよ……」

「ああ、小股《こまた》の切れ上がった、あの女ごね？　憶えてますよ！　うちの家内もあの女《ひと》に習ってましたからね……。確か、甲本屋さんもあの女《ひと》に出稽古《でげいこ》をつけてもらっていましたよね？　ほら、上の娘に三味線《しゃみ》を習わせると言ってたじゃないですか……」

半次郎が身を乗り出し、貴之助を窺った。

貴之助はきやりとした。

「えっ……。ああ、家内がそんなことを言っていたような……。だが、あたしは一度ちらと見ただけで、あの女《ひと》のことはよく知らないのですよ」

腋《わき》の下にじっとりと汗をかいていた。

「それで、その汀という女ごがどうしたって？」

煙草屋《たばこや》の作之助《さくのすけ》が焦れったそうな顔をした。

「いえね、あの女《ひと》が北馬場町の仕舞た屋を引き払う際、うちが家財道具を引き取らせてもらったのですがね……。あのとき、あたしがどこに越《こ》すのかと訊ねたら、深川に戻ると答えたのに、なんと、藤沢《ふじさわ》にいたではないですか……。いえね、平塚《ひらつか》で用を済ませて帰路につき、片瀬川《かたせがわ》まで来たときのことです。川べりを歩いている女ごにふと目を留めやしてね……。と言うのも、女ごがあんな田舎《いなか》に置いておくのが惜《お》しいほどのぼっとり者で、しかも、一歳ほどの赤児《やや》を抱いていたのですよ……。その姿がぞくりとするほど艶《つや》っぽくて、まるで、浮世絵《うきよえ》の母子像を見ているようで……。が、次の瞬間、あたしは思わずえっと目を疑いやしたよ。なんと、汀さんじゃないですか！」

夏次がそう言うと、作之助が目をまじくじさせた。

「深川に戻ったという汀さんが、何故、藤沢にいるので？」

夏次は頷いた。

「ええ、あたしも不思議に思い、思い切って傍に寄って行ってみたのですよ。すると、間違いなく、汀さんではないですか！　汀さんのほうでもあたしに気づき、驚いたような顔をなさってやしてね……。まさか、あんなところで、あたしに出会《でくわ》すとは思っていなかったのでしょうな」

夏次は仕こなし顔をした。

夏次は主人《あるじ》の代理で寄合に列席したせいか、これまでは気後《きおく》れしたように寡黙《かもく》だったが、なんと、水を得た魚のように長広舌《ちょうこうぜつ》を始めたではないか……。

「あたしは訊ねましたよ。深川に戻ると言っていたおまえさんが、何ゆえ、こんなところにいるのかと……。すると、そのつもりでいたが、突然気が変わって、江戸を離れることにした、と言うではないですか！　そう言われてしまうと、何故、気が変わったのか、現在《いま》どこにいて何をしているのか、と根から葉から訊ねるわけにはいかないではないですか……。それで、汀さんが抱いた赤児《やや》に目を移したときに、おまえさんの娘か？　と訊ねたんですよ……。汀さんは咄嗟に答えることが出来ず、何やら言葉を探しているようでしたが、暫《しばら》く間を置いて、近所の娘《こ》を守《も》りしているだけで、自分の娘ではない、と答えましてね……。けど、あたしはあの女《ひと》の表情を見て、嘘を吐いている、とすぐに見抜きました。もし、本当に近所の娘《こ》を預かっているだけなら、あんなに狼狽えることはないし、さして間を置くことなく、余所《よそ》の娘《こ》だと答えたでしょう……。それで、あまり深く追及してほしくないのだと悟り、赤児《やや》の名前はなんというのかとだけ訊ねたのでやすよ……。するてェと、すみれ、と答えたじゃないですか。それで、それは漢字で菫《すみれ》と書くのか、それとも平仮名かとたたみかけると、平仮名だと……。この娘《こ》が生まれたのが三月で、原っぱ一面、見渡す限り菫野《すみれの》だったものだから、すみれ、とつけたのだと……。ところが、つい、そんなふうに口走っちまったもんだから、あの女《ひと》、挙措を失いやしてね……。それで、逃げるようにして立ち去っていったというわけで……」

「なんと、それじゃ、赤児《やや》が自分の娘と白状したのも同然ではないか……。だが、そうだとしたら、一体、誰の娘なんだ？」

「あの女《ひと》が北馬場町にいた頃には、所帯を持っていなかったでしょう?」

「藤沢に行って、すぐに所帯を持ったのかも……」

「いや、所帯を持たなくても、男と情を交わせば、赤児《やや》は出来るでしょうに……」

「いや、あの女《ひと》はそんな女《ひと》ではない! 見かけはじなついた(艶めいて)ように見えても、あれでなかなか身持ちのよい女《ひと》で、これまで浮いた噂《うわさ》ひとつ出なかったのですからね……」

「それはあたしたちが知らなかったというだけで、陰で、思い人と真猫《しんねこ》やってたんじゃないのかよ!」

座敷の中は、汀にびり事(色事)があったかどうかと喧々囂々《けんけんごうごう》……。

貴之助は耳を塞《ふさ》ぎたくなるような想いに、懸命に耐《た》えていた。

ここでひと言でも言葉を発せば、箍《たが》が外れたかのように、汀との間にあったことを皆の前で吐露《とろ》してしまいそうである。

すると、庄助が大仰《おおぎょう》な仕種で指を折ってみせた。

「番頭さんが見た赤児《やや》というのが一歳くれェだったというが、去年の三月に生まれたとすると、現在《いま》は二歳……。するてェと、生まれたのが去年の三月として、逆算すると、一昨年《おととし》の六月頃に身籠もったことに……。なんと、あの女《ひと》が品川宿から出て行ったときと重《かさ》なるではないか！　てことは、ここにいた頃に身籠もったとも、ここから出てすぐに身籠もったとも考えられる……。ねっ、そういうことになりませんか？」

「成程……、そういうことになりますな」

「まあまあ、皆さん、どうでもよいではないですか！　所詮《しょせん》、あたしたちには関わりのないこと……。さあ、飲み直しといこうではないですか！」

煙草屋の作之助がポンポンと手を打った。

それで、汀の話は打ち止めとなったのであるが、貴之助の胸の内では大風が吹き荒れたまま……。

汀が身籠もったのが一昨年の六月だとすれば、すみれという赤児《やや》はあたしの娘と考えられないだろうか……。

いや、ここを出てすぐに別の男と理ない仲になったか、誰かと所帯を持ったとも考えられる。

だが、あのとき、汀はあたしの胸に縋り、抱いて下さい！　今夜だけ……、それで、旦那さまもあたしも互いに忘れましょう、あたしはもう思い残すことはありません……、と泣き崩れたのである。

そして、まるで逃げるかのようにして、翌日、姿を消した汀……。

それは、これ以上品川宿にいると、あたしばかりかお智佳や新しく生まれてくる子を苦しめることになると思ったからであり、一夜《ひとよ》の夢を胸に抱いて去っていった汀が、別れてすぐに別の男に抱かれるなんて、そんなことがあって堪《たま》るか！

ああ……、すみれという娘《こ》は、紛《まぎ》れもなくあたしの娘……。

だとすれば、何ゆえ、汀は何も言ってこないのであろう。

そう思い、貴之助は忸怩《じくじ》とした。

汀はそんな女ごだからこそ去って行ったのであり、別れた後になって身籠もったことを知ったとしても、だからどうしてくれと縋るような女ごではない……。

済まない、汀……。

「おや、甲本屋さん、顔色が優《すぐ》れませんぞ……。悪酔《わるよ》いなさったのではありませんか？　と言っても、元々、おまえさんは成る口じゃない……。では、お疲れになったのではありませんか？」

庄助に言われ、貴之助はハッと我に返った。

「ええ、少し風邪気味《かざぎみ》なもんで……。申し訳ありませんが、ひと足先に帰らせてもらってもいいでしょうか？」

「なに、風邪気味と？　それはいけませんな。ええ、ええ、お先にどうぞ……」

そうして、貴之助は逃げるようにして寄合から抜け出したのだった。

が、表に出ても、胸は重く塞《ふさ》いだままで、どうにも、このまま家に戻る気になれない。

北本宿の通りをとろとろと歩きながら、貴之助は叫び出したい想いに駆《か》られた。

その刹那《せつな》、おりきの顔がゆるりと眼窩を過ぎった。

そうだ、女将さんに聞いてもらおう……。

あの女《ひと》なら、現在《いま》、いや、これから先、自分がどうすべきか知恵を授《さず》けてくれるかもしれない……。

貴之助はそう思い、立場茶屋おりきへと脚を向けているのだった。


「女将さん、甲本屋の旦那がお越しでやすが……」

玄関側の障子《しょうじ》の外から吾平《ごへい》の声がして、おりきは、えっ、と達吉と顔を見合わせた。

既に五ツ半を廻っている。

こんな時刻に、甲本屋は何用で訪ねて来たのであろう……。

そう思ったが、おりきは夜食の膳を素早く片づけると、どうぞ、お通しして下さい、と答えた。

障子がそろりと開き、貴之助が気を兼ねたように顔を出す。

「夜分遅くに申し訳ありません。ご迷惑と重々《じゅうじゅう》承知《しょうち》のうえ、どうしても女将さんに聞いてもらいたいことがあり、こうしてやって来た次第で……」

「構いませんことよ。丁度《ちょうど》、旅籠の仕事を終えたばかりのところなのですよ。どうぞ、お入り下さいませ」

貴之助は帳場に入ると、おりきと達吉の前に箱膳《はこぜん》が置いてあるのに目を留め、

「あっ、お食事中でしたか……。これは申し訳ないことで……」

と恐縮した。

「いいえ、終わったばかりですのよ。それより、甲本屋さまは夕餉《ゆうげ》はもうお済みですか？」

「ええ、済ませました。実は、今まで寄合に出ていましてな。けれども、その席で、あたしどもには些か気懸かりなことを耳にしましたので……。どうにも、このまま家に戻る気になれず、女将さんに胸の内を聞いてもらいたいと思いまして……」

「あっ、そういうことで……。じゃ、あっしは座を外しやすんで……」

達吉が気を利かせ、おりきと自分の膳を板場へと運んで行く。

「なんだか追い立てたようで、悪いことをしてしまいましたね」

貴之助が気を兼ねたように言う。

おりきは茶を淹《い》れながら、ふわりとした笑みを返した。

「いえ、いいのですよ。大番頭も自室に戻る頃でしたので……。それで、お話とは？」

「ええ、それが……」

「ああ、そう言えば、先日、妙国寺からの帰り道で、内儀《おかみ》さんにばったりお逢いしましたのよ。なんでも、お智佳ちゃんの舞いの復習会を観に行かれるのだとおっしゃって……。お佐保ちゃん、すっかり大きくなられましたわね？　二歳ですか……。まあ、子供が育つのはなんと早いことでしょう！　それに、この夏には三人目のお子に恵まれるとか……。お目出度うございます。内儀《おかみ》さんの幸せそうな顔を拝見して、わたくし、心《しん》から安堵しましたのよ。さっ、お茶をどうぞ！」

おりきが長火鉢《ながひばち》の猫板《ねこいた》に湯呑《ゆのみ》を置く。

貴之助は深々と溜息《ためいき》を吐いた。

「どうなさったのですか？」

「いえ、それが……」

貴之助は腹を括ると、先ほど寄合で汀のことが話題になったと打ち明けた。

「まあ、汀さんに赤児《やや》が……」

さすがにおりきも、喜之助の話がまさかこんなこととは思わなかったのであろう。

おりきは驚きのあまり、暫く言葉を失った。

「それで、甲本屋さまはその赤児《やや》がご自分の娘ではないかと思っていらっしゃるのですね？」

ようやく、おりきが口を開く。

「そうとしか思えません……。赤児《やや》が生後一年ほどというのですから、汀さんがあたしの前から去って行ったときと符帳《ふちょう》が合う……。それに、あの女《ひと》はあたしと別れてすぐに別の男と心底尽《しんていず》くになるような女《ひと》ではありません。だから、すみれという娘《こ》はあたしの娘に違いありません……」

「まあ、すみれという名なのですか！」

「道具屋の番頭が聞いた話では、その娘《こ》が生まれたのが去年の三月で、そのとき、原っぱ一面に菫が咲き乱れていたのだとか……。それで、すみれと名付けた、と汀さんが言ったそうです……。それを聞き、あたしはいかにもあの女《ひと》らしいと思いましてね。あの女《ひと》は野の花の好きな女《ひと》で……。あたしが北馬場町の仕舞た屋を訪ねると、いつも、たこともあります……。野の花も、小さな小さな花が好きみたいでしてね。そう、華だっ一人静《ひとりしずか》とか一輪草《いちりんそう》、貝母《ばいも》といった花が一輪挿《いちりんざ》しに挿してありましてね」

「優しい方なのでしょうね」

「その女《ひと》が何故あたしの前から去って行ったのでしょう……。いえ、去って行ったのは、家内に二人目が生まれると知り、これ以上、あたしに迷惑はかけられない、お智佳や生まれてくる子から父親《てておや》を奪ってはならないと思ったからだということは解っているつもりです……。けれども、あの女《ひと》はあたしから離れた後に赤児《やや》を身籠もっていると知ったわけです。だったら、その旨《むね》をあたしに知らせてくれてもよいはずなのに、文ひとつ寄越さず、一人で赤児《やや》を産み、育てているのですよ？　何故、そんなことを……」

おりきは貴之助に目を据えた。

「何故かですって？　赤児《やや》が出来たことをおまえさまに知らせて、どうかなりまして？　どうにもなりはしないのですよ……。汀さんはおまえさまや甲本屋のために身を退《ひ》かれた……。あの夜、今宵だけと言っておまえさまと契《ちぎ》り合ったのも、一夜の思い出を胸に秘《ひ》めて、これから先、一人で生きていこうと思ったから……。あの方にはそれ以上の望みはなかったはずです。ところが、おまえさまは汀さんの身体の中でちゃんと生きていた……。これほどの銭、贈物《おくりもの》があるでしょうか！　あの方には赤児《やや》が出来たからといって、おまえさまにこれ以上何も望みはしないでしょう……。おまえさまから新しい生命《いのち》を貰えたことだけで、それでもう満足なのですよ」

「だが、男として、女ごを孕《はら》ませておいて放り出すことが出来ようか……。せめて、ひと目逢って、赤児《やや》を育てていくための纏まった金子《きんす》を渡してやらなければ……。あたしは近日中にも藤沢を訪ね、汀さんを捜そうと思っているのですが……」

「藤沢を訪ねるといっても、どこに住んでいるのか知っていらっしゃいます？」

「いや……。道具屋の番頭が片瀬川の川べりであの女《ひと》を見たというので、とにかく、その辺りを片っ端から捜し歩こうかと……」

「片瀬川の川べりといっても広うございますよ。それに、そのとき、たまたま汀さんがそこに来ていたのか、近くに住んでいるのか、それも判らないのですよ？　甲本屋さま、はっきり申し上げますね。お止しになったほうがよいかと思います。それに、果たして、あの方がおまえさまに捜されることを望んでいるかどうか……」

「えっ、と言うと？」

「あの方はおまえさまや甲本屋のことを考え、身を退かれたのですよ……。それなのに、自分に赤児《やや》がいることがおまえさまに知られれば、またもや、おまえさまが我が娘《こ》や見世を捨てようとするのではないかと、それを一番懼《おそ》れておられるのではないでしょうか……。ですから、それはしてはならないのです！　そんなことをすれば、あの方のこれまでの忍苦《にんく》が、何もかも水泡《すいほう》に帰《き》してしまいます……。これは宿命《さだめ》、運命の悪戯《いたずら》なのですよ。考えてみると、おまえさまが何もかもを棄て、汀さんの許に走ろうとしたあのとき、内儀《おかみ》さんのお腹に赤児《やや》がいることが判明しましたでしょう？　それで、おまえさまは汀さんのことを諦《あきら》め、汀さんはおまえさまの許を去って行った……。そしてまた、汀さんがおまえさまの赤児《やや》を産んだと判ったときには、内儀《おかみ》さんのお腹には三番目の子が……。ねっ、どう思います？　運命の悪戯にしても、あまりにも出来すぎていると思いませんか？　きっと、これはおまえさまたち二人は運命を共にしてはならないという、天の思《おぼ》し召し……。天の思し召しといえば、たった一夜の契りで汀さんに赤児《やや》が授かったのも、天の思し召し……。汀さんはおまえさまの子を授かったことで、いつもおまえさまを傍に感じ、生きていく勇気を貰えたのですから……。ですから、これで良かったのですよ！　何があろうとも、この先、あの方はご自分の手で、しっかと我が娘《こ》を育てていかれるでしょう……。恐らく、汀さんはおまえさまに手を差し伸べてくれとは思っていないはずです……。仮に、この先、手を貸してもらわなければならない何事か起きたとすれば、そのとき初めて、汀さんのほうから何か言ってくると思いますので、どうか、現在《いま》はそっとしておいてあげて下さいませんか？」

おりきに諭され、貴之助もやっと心に折り合いがついたようである。

「解りました。ああ、女将さんに話して良かった！　胸の内で悶々《もんもん》としていたものが吹っ飛んだ気がします」

おりきは微笑んだ。

「内儀《おかみ》さんはお産を控《ひか》え、現在《いま》が一番大変なときです。不安に陥《おとしい》れるようなことだけはしないで下さいね……」

「ええ、解っています。あたしは三人の、いや、四人の子の父親《てておや》なんですからね」

貴之助はまだ見ぬお延のお腹にいる子と、すみれという赤児《やや》に想いを馳《は》せた。

菫野を背景にしてこの世に生を受けた、すみれ……。

もしも再び、運命の悪戯というものがあるとすれば、いつの日にか、すみれに巡《めぐ》り逢うことがあるやもしれない。

貴之助はそれを信じ、とにかく、今日を、明日を精一杯生きようと思った。

「甲本屋さま、大丈夫ですことよ！」

おりきがそう言うと、貴之助は心《しん》から安堵したような笑みを見せた。

本書は、時代小説文庫（ハルキ文庫）の書き下ろし作品です。

時代小説文庫
い6-31

すみれ野《の》 立場茶屋《たてばぢゃや》おりき

著者 今井絵美子《いまいえみこ》

2016年3月18日第一刷発行

発行者 角川春樹

発行所 株式会社 角川春樹事務所
〒102-0074 東京都千代田区九段南2-1-30 イタリア文化会館

電話 03(3263)5247[編集] 03(3263)5881[営業]

印刷・製本 中央精版印刷株式会社

フォーマット・デザイン&シンボルマーク 芦澤泰偉

ISBN978-4-7584-3985-5 C0193

http://www.kadokawaharuki.co.jp/[営業]
fanmail@kadokawaharuki.co.jp[編集] ご意見・ご感想をお寄せください。

時代小説文庫

今井絵美子

鷺の墓

書き下ろし

藩主の腹違いの弟・松之助警護の任についた保坂市之進は、周囲の見せる困惑と好奇の色に苛立っていた。保坂家にまつわる因縁めいた何かを感じた市之進だったが……(「鷺の墓」)。瀬戸内の一藩を舞台に繰り広げられる人間模様を描き上げる連作時代小説。「一編ずつ丹精を凝らした花のような作品は、香り高いリリシズムに溢れ、登場人物の日常の言動が、哲学的なリアリティとなって心の重要な要素のように読者の胸に嵌め込まれてくる」と森村誠一氏絶賛の書き下ろし時代小説!

今井絵美子

美作の風

津山藩士の生瀬圭吾は、家格をおとしてまでも一緒になった妻・美音と母親の三人で、つつましくも平穏な暮らしを送っていた。しかしそんなある日、城代家老から、年貢収納の貫徹を補佐するように言われる。不作に加えて年貢加増で百姓の不満が高まる懸念があったのだ。山中一揆の渦に巻き込まれた圭吾は、さまざまな苦難に立ち向かいながら、人間の誇りと愛する者を守るために闘うが……。市井に生きる人々の祈りと夢を描き切る、感涙の傑作時代小説。

(解説・細谷正充)